わたしの幸せな結婚 登場人物紹介
斎森美世
清霞の婚約者となり恋を知る。
希有な異能「夢見の力」を持つ。
久堂清霞
名家、久堂家当主。
帝国陸軍対異特務小隊隊長。
当代随一の異能の使い手。
五道佳斗
対異特務小隊所属。清霞の忠実な部下。
五道壱斗
佳斗の父。対異特務小隊隊長だった。
光明院善
対異特務第二小隊の隊長。清霞の知己。
辰石一志
辰石家の当主。解術の天才。
薄刃新
美世の従兄で薄刃家当主の息子。
久堂正清
久堂家前当主。清霞の父。病弱。
久堂芙由
清霞と葉月の母。気位が高い。
久堂葉月
清霞の姉。一児の母。
ゆり江
久堂家の使用人。清霞も頭が上がらない。

霖雨がやむとき

「お前さん、えらく疲れてるな。新婚早々、死相が出てるぜ」

会って、開口一番に清霞にそう言ったのは、光明院善であった。

平日の昼間、帝都ホテルのラウンジにはかすかにぼやけたような、眠たくなるような、春の長閑な空気が漂う。

宿泊客がやってくるにはまだ早い時間であるため、人影はまばらだった。

帝都で最大かつ、価格的にも高級なこのホテルを利用するのは、裕福な者ばかりだ。国内外問わず、身なりのいい老若男女が広いラウンジのあちらこちらで茶やコーヒーを楽しんだり、談笑したりしている。

清霞は舶来のひとり掛けソファに浅く腰かけ、元上官である光明院善と向かい合っていた。

「……放っておいてください」

ため息交じりに素っ気なく返すと、光明院は目を瞬かせる。

「お前は、やっぱ変わらねぇな。隊長になっても、結婚しても」

「それは侮辱ととってもかまいませんか？」

「そう怒んなよ」

あっはっは、と豪快に笑う光明院に、清霞は呆れの視線を向けた。

清霞がかねてから婚約していた美世と無事に結婚式を挙げたのは二日前のこと。ちょうど桜の咲く時期に天候も味方し、周囲にはよい結婚式だったと口々に言われた。

結婚式の前はもちろんのこと、当日まで慌ただしく、花婿でありながら式に参加できるかどうかの瀬戸際だった清霞自身、なんとかよい形での挙式に漕ぎつけて胸を撫で下ろしている。

が、式後もほっとひと息ついて……などという暇はない。

私生活では挨拶回りや参列者への御礼、また仕事では式の当日にさんざんな目に遭わされた『土蜘蛛の脚』の対処や調査など、疎かにはできない事柄が目白押しだ。

疲れて見えるのも当然。事実、清霞も肉体的に深刻な疲労を感じている。

とはいえ、新婚の者に向かって「死相が出ている」などという言葉を吐くのはいかがなものか。

光明院は昔と変わらない。変わらず、繊細さに欠ける。

（だが……しかし、年をとったな）

光明院とはそれなりに長い付き合いだ。

清霞が学生の身分で異形討伐に加わり、対異特務小隊に協力するようになった頃にはもう、彼は隊にいた。

あのときはやんちゃで荒くれ者な青年、といったふうであったが、今やその面影はすっかり鳴りを潜めている。

体格のよさや野性味溢れる顔立ち、雰囲気はそのままに、傷跡のある鋭い目元には小さな皺が刻まれ、ぼさぼさの髪には何本か白髪が見え隠れする。言動は昔と同じくがさつでも、明らかに趣が違っていた。

おそらく、彼自身が年を重ねたことが原因でもあり、そして。

「数年しか離れてねぇのに、帝都はずいぶん変わった感じがするな」

光明院はラウンジの大きな硝子窓の外を見遣り、しみじみと呟く。

「……日々、発展していますから」

建物は次々と新しく洋風に建て替えられ、舗装された道や瓦斯灯がどんどん増えて、人々の装いの流行も目まぐるしく変化する。

たった数年でもその変化は著しい。少し離れているうちにまったく別の世界になってしまったような心地になるだろうと、察せられた。

「今さらだが、今日は本当に来てもらってよかったのか？　あー、その、なんだ、やることがいっぱいあるだろ？」

「そうですね、余裕はありません。ただ、半日空けるくらいなら融通は利きます」

「俺が言うのもなんだろうが……んな、死相の出てる顔で言われてもな。ま、この半日で少しは休め。俺には気を遣わなくていいぞ」

「無茶なことを……」

「あいにく、俺は無茶しか言わねぇ」

したり顔でふんぞり返る光明院に、清霞はため息をついた。

「威張ることじゃありませんよ」

「別に威張っちゃいねぇよ。これが俺の自然体」

清霞はそれ以上反論する気力もなく「そうですね」とぞんざいに返事をした。

しばし、沈黙が落ちる。眼前のローテーブルでは、ブラックコーヒーの入ったカップが独特の香りを含んだ湯気を細く立てていた。

昔なじみである光明院と相対しているからだろうか。妙に感傷的な気分になる。

「――ここに、あの人がいればな」

ふいに聞こえてきた独り言。清霞はゆっくりと目線を上げる。光明院はどこか、寂しげな表情でやはり窓の外を見ていた。

（一瞬、私が、心の声を口に出してしまったかと思った）

同じことを、考えていた。この場にあの人が——五道壱斗がいれば、と。

こういうとき、壱斗はいつも空気を読んで場を和ませたり、賑やかしたりしていた。そういう気遣いや人とのかかわりを第一に考えるような人だったからだ。

彼の間延びしたような話し方や、柔らかく細められる目はもうこの世にはない。いつも明るい笑顔を浮かべている人だった。明るく、面倒見がよく、しなやかな強さを持っている人だった。

『清霞、異能は人を傷つけるためにあるんじゃない。人を守るためにあるんだからな。忘れるなよ』

異能者として大切なことはあの人から教わった。だから——。

「式に、来てほしかったです」

思わず本音がこぼれる。しかし、光明院もそれを笑いはしなかった。

「そうだな。お前が結婚するなんてことになれば、あの人が誰よりも喜んだはずだぜ」

「…………」

はい、とも、いいえ、とも返せない。清霞はただ、光明院が自身の左膝に置いている手を見る。

彼の左脚は、膝から下がない。現在は義足をつけているはずだ。あの日に深手を負い、切り落とさざるをえなくなかったから。

今でもあの日の記憶は鮮明だ。

清霞が大事なものを失い、人生を一変させる決意を抱いたきっかけとなった日。

外は快晴なのに、耳の奥で雨の音が聞こえる。ざあざあと、木立を激しく打ちつける雨の音が、はっきりと。

将来の夢、というと、途端に困る。
本を読むのは好きだ。わからないことを調べるのも。歴史に興味があった。文学に興味があった。古（いにしえ）の建造物や美術品にも。遺跡や塚にも。人類が歩んできた軌跡をたどる勉強には、昔から心が躍った。
けれど、それらを生涯の仕事にしたいかと問われたら、答えに窮する。

それが学生の身分であった頃の、久堂清霞という人間だった。

明確に何かなりたいものがあるわけでも、やりたいことがあるわけでもなく。何ひとつ、はっきりと決められていない。

ただ漠然と研究者の道へ進もうか、と考え、漫然と勉学に励む。

その傍ら、異能者として、義務を果たすために異形と対峙する。そんな生活を送っていた。


「じゃ、報酬はいつものとおり、月末にまとめてわたす。今回の依頼もご苦労さん」

対異特務小隊の屯所内、さほど飾り気はないながらも、ある程度金のかかった調度が置かれた小綺麗な応接室で、清霞はほっと息を吐いた。

目の前で隊長の五道壱斗が書類に確認の判子を押している。

「……はい。ありがとうございます」

「いつも助かるよ。お前さんはどんな依頼でも真面目にこなしてくれるからさぁ」

「いえ。仕事ですから」

にかっと明るい笑顔を向けてくる五道に、清霞は素っ気なく返した。

――対異特務小隊。

時代が移りゆく中で、古より異形退治を生業としてきた異能者を国の戦力として取り込むため、数十年前に設立された、軍の一機関である。

普段は従来の異能者と同様、異形にかかわる事件などを専門に扱う。が、ひとたび国家の危機となれば戦力となるべく、国や民のために敵方へ異能を振るうことが義務となる。

それが古の異能者とは違う、対異特務小隊に所属する今の時代の異能者だ。

現在、その小隊を率いているのが、向かいに座っている五道壱斗。異能を受け継ぐ由緒正しい家のひとつである五道家出身の、優秀な異能者である。

「ははは」

急に五道が笑いだす。

「……なんですか？」

「立派になったもんだと思ってな～。昔はあんなに小さい、異能の使い方もままならない子どもだったのに」

「いつの話をしているんですか」

しみじみと遠い目で昔を振り返る五道はなんだか、年寄り臭い。

とはいえ、彼が清霞にとって兄のような、あるいはもうひとりの父のような存在であるのは確かだ。

もう十年以上の付き合いになる。

清霞の父、久堂正清は異能者としても久堂家当主としても多忙であり、なおかつ、病弱な身体であるという——傍から見ても難儀な境遇ゆえに、息子である清霞にも、娘である葉月にも昔からあまりかかわってこなかった。

本当ならば、久堂家の跡継ぎたる清霞は当主である正清の背中を見て当主の在り方を学ぶべきである。

だが、そのような状況ではそれもなかなか叶わない。

そういうわけで、清霞は幼い頃から五道家にしばしば出入りし、五道に指導を受けることがあった。

異能者としての技術や心構えだけでなく、異能者を率いる立場の者に必要な知識まで。

独学で身につかないものは大部分を五道から学んだ。

「……そういえば、佳斗はどうしていますか。留学しているのは知っていますが」

清霞はむずがゆくなりつつある話の流れを他に逸らすため、五道に訊ねる。

彼の息子である佳斗とは、さほど深い付き合いがあるわけではない。五道家に出入りする際、たまに会って、遊び相手になったことがあるくらいだ。

五道は「ああ」と気の抜けた返事をしたあと、苦笑いした。

「あいつはなぁ……元気でやってるんだとは思うぞ。俺にはまったく、いっさいの連絡もないけど、家内にはときどき手紙も来てるしな」

「……はあ」

「あいつ、俺にさんざん反抗しくさってさぁ。『俺はあんたみたいな異能者にはならない』って言ってさっさと留学して」

「…………」

「まあ、俺も仕事仕事であまりかまってやれなくて、寂しい思いをさせたのはわかってるけど」

清霞はどう答えを返せばいいかわからずに視線を彷徨(さまよ)わせ、一方の五道はどんどん遠い目になっていく。

「この国の異能者は遅れているから、異国の進んだ異能や術を学びにいくって、たいそうな啖呵(たんか)切って出て行ってさ、やっぱり俺への当てつけだよな～。ははは」

「そ……」

危うく「そうですね」と言いかけて、すんでのところで呑(の)み込んだ。

親に当てつけたくなる気持ちには、覚えがある。

父親と一緒に過ごした記憶がほとんどなく、父親の不在ゆえに不機嫌な母親から息子としての理想を押しつけられ続ける生活は、息苦しい。

五道はまだ、清霞の父である正清よりは子どもの面倒を見ていたほうだろう。それに、彼の妻もなかなか変わったところはあるものの、愛情深い人だ。

佳斗が親に反発しているのは、もちろん寂しかったのもあるだろうが、次男でありながら異能者としての才を期待されていることに対して、彼なりに思うところや気まずさがあるからかもしれない。

「何か、言いたげな顔だな」

考え込んでいると、五道は目ざとく指摘してくる。しかし、考えていたことをそのまま教えてやるつもりはまったくない。

清霞とて、年長者への不満は数えきれないほど抱えているのだ。

「いえ、なんでも」

そう言って誤魔化した清霞に、五道が少し間を置き、あらためて「なあ」と声をかけてきた。

「小隊への勧誘なら聞きませんよ」

またか。呆れと辟易した気持ちで、清霞は先手を打って五道の言葉を封じる。

「まだ何も言ってないんだけどなぁ」

「こういうときに切り出すのは、いつもその話でしょう」

「そりゃまあ、そうなんだけどな」

清霞はふう、と息を吐き、傍らに置いている竹刀袋に少し触れた。袋の中で、かちゃり、と金属音が鳴る。

「もう何度もお断りしていますが、自分は軍人には興味ありません」

「そこをなんとか……考えてくれないか」

聞き分けのない子どもを窘めるように、眉をハの字にして五道が言う。だがもう、彼のこの顔と言葉には清霞も飽き飽きしている。

（本当、しつこいな。何年も何年も）

五道のことは尊敬しているし、頼りにもしている。ただ、こういうときは嫌になる。

「自分は軍には向いていません」

「そうかぁ？」

「あなたと違ってこの性格ですから、軍に入っても隊の和を乱すだけです」

己の性質は己が最もよくわかっている。

清霞は皆に慕われるような人間ではない。人付き合いが上手いわけでもないし、人とのかかわりを好むほうでもない。とてもではないが、決められた集団の中で、特に軍という、人との連携が必要な集団の中では上手くいかないだろう。

「いい加減、わかってください」

清霞は意識して、言い聞かせるように五道に告げる。先ほどのお返しのつもりで。

「お前が隊にいてくれたら、いずれ佳斗のやつが帰ってきて隊に入るときに安心できるんだけどなぁ」

すると、五道のほうもまた、さながら子どもの意欲を煽るように言った。

視線と視線が絡み合い、二人で黙って睨み合う格好になる。いつもどおりの見事な平行線。この話題はいつまでも解決することがない。

「逆にさ」

膠着状態に陥るかと思われた状況を、先に破ったのは五道だった。

「お前はどうしてそこまで軍に入るのを嫌がるんだ？　異能者として、異形退治はこれからも続けていくんだろう？」

「…………」

「だったら、軍に入っていてもいなくても、たいして変わらなくないか。本当に、真面目に異能者の責務を果たしたいのなら、人間関係なんぞ些末な問題だろ」

「それは……」

正直なところ、そこを突かれると痛い。

清霞が異能者として働き始めたのは中学生の頃だ。それこそ親に反発し、早く一人前になりたかったからにほかならない。

けれど、どうしてか——大学を卒業して勧誘されるがまま軍に入ったら、そんなふうに早くから一人前を志した自分の足元が崩れるような心地になる気がしていた。

これまで築いてきた『自分』という存在が、根底から壊れてしまうような。

(なぜだろう)

異能者として役目をこなすのは嫌ではない。だというのに、軍人になるのは嫌だ。

「それとも、お前は異能者として働く以外に、何か夢があるのか」

「夢？」

「ああ。それなら俺はもう、勧誘はしない。お前に仕事を回すのも控える。若者たるもの、一途に夢に打ち込んだほうがいいからな」

「……………」

清霞は押し黙った。

夢なんて、考えたこともない。異形を退治し、久堂家の当主として家を守っていくのが己に課せられた役目であり、他の仕事など二の次。

正式に軍に入るのは抵抗があるけれども、だからといって他に当てがあるわけではない。なんとなく、このまま大学に在籍し、学問を続けていくのもいいか、と思っていたくらいだ。しかしそれが夢かといえば、違う気がする。

「ま、いいや。清霞、大学卒業までさほど時間はないんだ。いい機会だから、将来のことについてよく考えてみたらどうだ？」

「……はい。失礼します」

五道の言葉に浅くうなずき、清霞はソファから立ち上がって竹刀袋を肩に背負う。そのまま、五道の顔を見ずに応接室をあとにした。

（将来の夢か）

やはり、ぴんとこない。ため息をついて屯所の廊下を軋ませて歩く。

窓の外はどんよりと曇って薄暗く、夕日も見えない。まるで、清霞のすっきりしない心情を表しているかのようだ。

屯所の玄関まで歩いていくと、ちょうど何人かが外回りから帰ってきたところらしかった。

清霞が「お疲れさまです」とだけ言って、すれ違いに出て行こうとしたそのとき「お、清霞じゃねぇか」と声がかかった。

「……光明院さん」

「なんだ、しけた顔しやがって」

粗野な雰囲気のある光明院は、被(かぶ)っていた軍帽を脱ぎつつ近づいてくる。どうやら彼も外回りから帰ってきたひとりであったようだ。

「そんな……顔をしていますか」

「ああ、してるな。いつものくそ生意気なすまし顔はどこへ行ったんだ？」

自分としては、五道に言われたことをそこまで深刻にとらえているつもりはなかった。

だが、どちらかというと鈍いほうである光明院に指摘されるなら、思ったよりも『将来の夢』のことが清霞の中に響いているのだろう。

「隊長になんか言われたのか？」

「別に、何も」

「何もねぇ顔じゃねぇだろ、そりゃ。隊長のことだ、お前を本気で傷つけることは言ってねぇんだろうが」

「そうですね、傷ついてはいません」

「なら、悩んでんだな。もしかして、ようやく隊に入る気になったのか？」

光明院も、五道と同様に、何年もしつこく清霞を勧誘しているひとりだ。幾度となくすげなく断っているのに、一向にあきらめる気配がない。

いつもは鈍いくせに、こういうときだけ妙に鼻が利く光明院は、なんとも腹の立つ男である。

「……違います」

「おいおい、普段はもっとすぐさまきっぱり否定してくるのに、今のは少し間がなかったか？　お前、本当に──」

「失礼します」

清霞は強引に会話を切り上げ、屯所から早足で出た。

胸の奥から、そこはかとない苛立ちが湧いてくる。なぜだろう。『夢』の話を持ち出されて、子ども扱いされているように思えたからか。あるいは、「お前は『夢』のひとつもない、つまらないやつだ」と言われたような気分になったからか。

もしくはそれらすべてか。

(今さら、どうしようもない。考えられない)

これが、今の自分が、二十年以上かけて築いた久堂清霞という人間なのだ。今さら否定され、考えろと言われても困るし、あまりにも無責任に聞こえた。

なぜなら、清霞を異能者として育てたのはほかならぬ、五道や光明院なのだから。

清霞は自分にもどうしようもない気持ちを持て余しながら、帰路につく。

夕方の空は日が暮れて、垂れ込める濃灰色の雲がさらに重く、暗く、辺りを闇で覆い始めていた。

久堂家の屋敷（やしき）は対異特務小隊の屯所からそう遠くない、帝都内の住宅街にある。

「ただいま」

「坊ちゃん、おかえりなさいませ」

「おかえりなさいませ」

屋敷へと帰りついた清霞を出迎えたのは、ゆり江（え）と数名の使用人たち。清霞は持っていた鞄（かばん）をゆり江に預け、真っ直ぐ（まっすぐ）に二階の自室へ向かう。

「ゆり江。……家の中の様子は？」

「旦那さまはお部屋でお休みに、奥さまは旦那さまについてらっしゃいます。葉月お嬢さまも……お部屋に」

古株の使用人として落ち着いた様子でそう口にするゆり江は、けれども、どこか寂しそうでもあった。

住人も使用人もいるはずなのに、空虚さすら感じるほど静まり返った邸内。

「そうか」

いつからこうなったのだろう。――いや、もしかしたら最初からだったのかもしれない。最初から、この家にも、そこに暮らす清霞にも決められた運命しかなく、夢も希望もありはしなかったのだ。

清霞はゆり江を振り返る。

「今日も夕食は部屋に運んでくれ。……それまでは、声をかけないでほしい」

「かしこまりました」

一礼するゆり江を確認してから階段を昇りきり、自室に入る。

しん、とした室内は、子どもの頃からあまり変わっていない。机があり、椅子があり、大きな両開きの扉がついた本棚があり、ベッドがある。

(ああ、息がつまる)

清霞は着替えもせずにベッドに転がり、手で視界を覆って息を吐き出した。

どこへ行っても、胸が重苦しくて堪らない。

どこもかしこも虚しい空洞のようであって、深い水底のように空気がないようでもあり、足を絡めとられて沼に沈められていくがごとき、救いのない息苦しさを覚える。

周囲からこう生きるべきと、導かれるまま決められた人生を生きていたら、今度は自分の夢を持てと言われる。

そんな、理不尽なことがあるだろうか。

ただ真っ直ぐに、己の使命に忠実に生きるのではいけないのか。

鉛のように重い身体がベッドにずぶずぶと呑み込まれて、一体化していく気がした。頭も胸も重くて、指の一本さえ動かす気力が湧かない。

昔はもっと、いろいろなことを考えていたはずだ。

身の回りのさまざまなものが、今よりずっと楽しげに、輝いて見えていた。こんなふうに思考が空回りすることなんてなかったのに。

◇◇◇

暖かな日差しが降り注いでいる。

美しく整えられた日当たりのいい花壇では、赤や白、黄や橙の小さな花々が咲き乱れ、その上を蜂や蝶が飛び回る。

清霞は花壇の隣、鮮やかな緑が眩しい芝生の上に立って、手を宙にかざしていた。

手の先では、空気がぼんやり、ゆらゆらと揺らぐ。陽炎だ。そこだけ、周囲よりも極端に温度が高いのだ。

ぐにゃぐにゃと景色を歪ませて立ち上る陽炎から、しばらくして小さな火が発し始める。初めはついたり消えたりと不安定だった炎は、やがて安定して燃え続けるようになり、だんだんと大きくなって、火の玉のように宙で燃えるようになった。

そこからさらに、急激に温度を下げていく。炎は一瞬にして消え、今度はきんと、冷気が漂い始めた。温度は局地的に氷点下となり、徐々に空気を凍てつかせて白い靄を作り出す。

清霞はかざしていた両手を少し離し、片手で冷気を維持し、もう片方の手で炎を発生させると、空中でそれを勢いよくぶつけた。

炎と冷気は相殺され、両方とも瞬時に消えてなくなった。

『よし、できた！』

想像どおりに異能を使いこなせた清霞は、思わず歓声を上げる。

『どうですか、先生！』

『おお、すごいな。さすが』

ぱちぱちと軽く拍手をするのは、五道壱斗だ。

まだ十歳かそこらの頃、清霞はしばしば五道家の屋敷に出入りしていた。異能や剣など、異形と戦う術を五道から学ぶためである。

『すげー！　きよにい、すげー！』

五道の隣で、彼の幼い息子である佳斗が、父親の真似をしてか、まだ丸みのある小さな手を叩いて瞳を輝かせながら、はしゃいでいる。

『立派だよ、清霞。やっぱり俺の教え方がよかったからかな～』

『はい！　でもそれもあるけど、僕の自主練習がよかったからかも』

したり顔でうなずいている五道に、清霞は高揚した気持ちのまま返した。

『お前、言うなぁ。こりゃ、大物になるね。そんだけ異能を操れるなら、実戦でも余裕で使えるだろうし、剣の扱いももう大人顔負けだもんなぁ』

『本当ですか!?』

『ほんと、ほんと。あと数年もしたら、ちと早いけど異能者として一端の働きもできると思う、たぶんな』

『やった！』

清霞は無邪気に、心のままに両手を握って喜んだ。

久堂の屋敷でも日々の鍛錬は欠かさず、もちろん学業も疎かにしていない。毎日忙しいけれど、充実していた。

剣や異能の扱いが上達すればうれしいし、褒められればさらにうれしくて、もっともっと努力しようと思えた。

『さて、じゃあ、次は剣の稽古をするか。木刀を持て』

『はい！』

五道の指示で清霞が近くの壁に立てかけてあった木刀を手に取ると、佳斗が「え〜！」と声を上げる。

『やだ！　父さんばっかりずるい！　きよにい、つぎはおれと遊んでよぉ』

狭い歩幅で寄ってきた佳斗が清霞の服の裾を引く。

『いや、佳斗。これは遊んでいるわけじゃなくて……』

『だめなの……？』

『だめとかじゃなく、今は稽古の時間だから……』

『う』

佳斗の顔がみるみる歪んでいき、目に大粒の涙が溜まり始めた。これはまずいぞ、と察してももう遅い。

『うわーん！　遊んでよぉ、きよにいは、おれと遊ぶのぉ〜！』

大泣きする佳斗に、清霞はどうしていいかわからず困惑して立ち尽くす。それを横で見ていて、腹を抱えて笑う五道。もはや、稽古どころではない。

『あの、先生。笑っていないでなんとかしてください』

『あっはっは！　いやぁ、ごめんごめん。面白くてさ〜』

何がそんなに面白いのか、涙を滲（にじ）ませながら笑い続ける五道を、清霞は困惑半分、呆（あき）れ半分に見つめる。

　すると、少し離れたところから『おーい』と女性の声が聞こえた。

『そろそろ休憩にして、皆でお茶しませんかー！』

五道の妻の声だ。遠くにワンピースを着た女性の姿が見え、彼女の隣には五道のもうひとりの息子、佳斗の兄の姿もある。

『じゃ、剣の稽古は休憩のあとにするか。いくぞ、二人とも』

　わあわあと泣く佳斗の手を引き、五道は清霞の頭をくしゃり、と少し荒っぽく、しかし優しさを感じる手つきで撫（な）でた。

　頬が、熱くなる。

　いつだって、清霞はこの家に来ているときだけは、年相応のただの子どもでいられた。

　理想や期待、役目を押しつけられることも、女性たちの欲を孕（はら）んだ目にさらされることもなく。

『先生。早く稽古の続き、しましょうね』

『おおう、やる気だな。けど、休憩も大事だぞ』

ははは、と鷹揚に笑う五道に、うれしくなっておのずと口角が上がる。

小学校を卒業したら学業も忙しくなり、今のようにはこの家に来られなくなるだろう。けれど、あと数年。この時間を大切にしようと、清霞はひそかに誓っていた。


瞼を上げ、ゆっくり上体を起こすと、窓の外はすでに真っ暗になっていた。

時計を見れば、対異特務小隊の屯所から帰宅して一時間ほどが経過している。おそらくベッドに身を沈めている間に、少し微睡んでいたのだろう。

懐かしい記憶の欠片がかすかに脳裏に残っている。

「……はあ」

どうして、こうなってしまったのか。

清霞は再びベッドに倒れ込む。眠気は襲ってこなかった。ただ、現実の憂鬱さだけが全身を支配している。そんな気分だった。

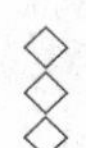

大学の構内に、終業の鐘が鳴りわたる。

のんびりとした空気の漂う午後。講義を終えた清霞は荷物をまとめ、未だざわめく学生たちを尻目にさっさと広い講義室をあとにした。

「久堂君」

すると廊下に出ていくらも歩かないうちに、背後から呼び止められた。

振り向くと、つい先ほどまで受けていた講義で教壇に立っていた初老の教授がこちらに手を振りながら近づいてくるところだった。

「こんにちは、お疲れさまです」

「お疲れさま」

教授は清霞の前に立ち止まる。

何か用があっただろうか、と訝しむ清霞に、教授は穏やかな瞳を向けて微笑んだ。

「この間の小論文の課題、まだ採点の途中なのだけれど、君のを読ませてもらったよ」

「ああ……はい」

「いい出来だった。きちんと細かいところまで調べが行き届いていて、考察もしっかりしていたし……着眼点もなかなかよかった」

「ありがとうございます」

表情を抑えつつも、清霞は素直に心の内が満ち足りていくのを感じた。

先日提出したばかりの小論文は、特別に手をかけたわけでもなかったが、それでもたった今、教授に評価された点は清霞も気を遣っていた箇所だったからだ。

金持ちの道楽を除いて、大学まで在籍しているのは勉強熱心な者がほとんどなので、こうしてわざわざ声をかけてもらえるのなら、その中でも特に優れていたということだろう。

教授は若干、困ったように苦笑いする。

「皆、よく取り組んでくれるけれども、なかなか着眼点が突拍子もないものであったり、熱心すぎるあまり考察が飛躍したりしているものも多かったから。君の地に足のついた、しかし、あっと思わせる論考は見事だったよ」

「……恐縮です」

「まだ少し早いが、君は卒業論文の題材は決まっているのかね？」

「はい、だいたいは」

「君の専攻は確か、史学だったかな」

「ええ、そうですが……」

何かを考える様子で斜め上に視線をやる教授に、清霞は首を傾げる。

彼は清霞の専攻している分野からはやや外れた分野を研究している。清霞の卒業論文や専攻にはあまりかかわりがないはずなのだが。

「ああ、いや、論文執筆で私に手伝えることがあったら、遠慮なく言ってほしい……それと」

教授はいったん言葉を切ってから、続ける。

「今度、外国の高名な研究者の方を招聘して、講演会を行うことになっていてね。もし興味があれば、君も参加してみるといいだろう」

「講演会、ですか？」

「そう。君は本邦の歴史を研究しているから直接参考になるだとか、そういうことはないだろうけれど、いい刺激やひらめきに繋がる機会だと思うよ」

こうして誘われるのも、清霞の学業の実績が認められてのことだと思うと、心が浮き立つ。

もともと、学ぶことは苦手ではないのだ。まだよく知らない異国の研究にも、興味がないと言ったら嘘になる。

他の講義や課題、それに異形討伐などの私的な予定をやりくりして、講演会に時間を割くことが可能かどうか。

清霞は頭の中で瞬時に自分の今後の予定をあらためる。

(できなくはないが……多少、厳しいか？)

しかし、ここですっぱり断ってしまうのはとてももったいないように思えた。

「ありがとうございます。考えてみます」

結局、その場で結論を出すことはせず、清霞はそう教授に返す。教授もそんな清霞に満足そうにうなずき、「では」と去っていった。

(講演会か……)

できれば都合をつけて行ってみたい。

課題は溜めていないし、研究にも余裕がある。異能者としての仕事のほうも、長引かなそうな軽めのものを選んで受ければ、講演会当日までかからずに済むはずだ。

『それとも、お前は異能者として働く以外に、何か夢があるのか』

『それなら俺はもう、勧誘はしない。お前に仕事を回すのも控える。若者たるもの、一途に夢に打ち込んだほうがいいからな』

先日、五道に言われた言葉がよみがえる。

これが夢というものなのだろうか。

実のところ、所属する研究室の教授からも、大学院に興味はないかと訊ねられたことがある。

軍に誘われるのは鬱陶しいとしか思えないが、大学院への進学を勧められたときは正直、心が揺れた。

「おい、久堂」

そんなことを考えながら、講義終わりでざわめく廊下をひとり歩いていると、ふと、背後から声をかけられた。

「ああ、稚田さん。……お疲れさまです」

振り返れば、中肉中背の狐目に眼鏡をかけた男が、片手を軽く挙げてこちらへ寄ってくるところだった。

稚田、というこの男は清霞のひとつ上の先輩で、同じ研究室に在籍する人物だ。何かと清霞を気にかけ、あれこれと声をかけてくる。

それにしても、今日はよく人に呼び止められる日である。

「おう、今晩も一緒にどこかに呑みに行かないか」

「またですか」

そう、声をかけてくれるのはいいのだが、こうしてあまり褒められたものではない遊びに誘ってくるのが彼の欠点だった。

彼が呑みに行く、といえば、だいたい学生にはそぐわない夜遊びの意味が含まれる。

大学に通う学生の親は金満家であることが多いが、彼の生家も例にたがわず、造船業を営んでおり、彼自身も小遣いをたんまりもらっているので、懐に余裕があるのだ。

当然、学業が本分の学生として、よろしくはない。

よろしくはないが、そういう遊びをしているのが彼だけであるわけもなく、程度に差こそあれ、大半の学生がしていることだ。ゆえに、ことさら咎めもせず、誘われれば清霞もしばしば付き合っている。

「おいおい、反応が悪いな。この箱入り坊ちゃんめ」

稚田はにやにやと笑い、清霞の肩を叩く。

「いや、それは」

別に、稚田の誘いに乗ろうが乗るまいが、今さらだ。これまでに幾度となく一緒に呑みに出かけているのだから。

なんとなく鈍い返事をしてしまったのは、心ここにあらずだったせいである。

「で、行くのか？　行かないのか？」

「……行きます」

「そうこなくっちゃな！」

稚田はぱっと破顔して手を打ち、勢いよく肩を組んできた。

あまりよい遊びではないので、できれば誘いに乗らないほうがいいのは、重々承知している。

けれど——対異特務小隊の屯所に行きたくない。あの家に、帰りたくない。

稚田の誘いを受ける理由はいつもそう。煩わしいことを忘れるため。それでも、屯所にいる時間を、あの家にいる時間を、少しでも減らしたいのだ。

（我ながら、幼稚な）

夜の歓楽街は昼とは違う、煌めきと喧騒と、欲望に満ちている。

結局、稚田だけでなく宴会好きの壮年の教授も加わり、他に数人の先輩、同輩も一緒になって街へ繰り出した。

闇をかき消すように、瓦斯灯と電灯の明かりが無数の恒星の集まりのごとく瞬く。

どこからか、空腹を刺激する食べ物の匂いが漂い、男女問わず、高揚した高く、大きな声がひっきりなしに響いていた。

教授の先導で、一行はよく訪れる飲食店の暖簾(のれん)をくぐった。

いつもの二階の座敷(ざしき)に通され、着物姿の給仕の女性たちが次々と入室して卓上に料理を並べていく。

「さ、呑もう呑もう」

手に持った猪口(ちょこ)に、美しく華やかに着飾った女性たちの酌で清酒が注がれる。教授のかけ声で、清霞たちも「乾杯」と猪口を掲げた。

清霞は上座から少し離れた稚田の隣の席で、宴会料理をつつきつつ、猪口を傾ける。

酒が入ったことで芸者の踊りを調子よく囃(はや)し立(た)て、早口でしゃべり続ける教授の高笑いがときどきやや不快さを帯びて耳に届く。

(それでも、家に帰るよりはましだ)

やれ隊に入れ、やれ将来のことを考えろと言われる屯所や、ただただ息苦しいばかりの家にいるよりも、こういう場所にいたほうがまだ気分がまぎれる。

「呑んでらっしゃいますか」

真っ白におしろいを塗り、真っ赤な唇をした女性がそう訊ねながら近寄ってきて、空になりかけていた清霞の猪口に酒を追加した。

ちらりと横目でうかがうと、彼女は目を潤ませてこちらを見ている。

「……ああ」

目も合わせずに、素っ気なく返事をした。

しかし、めげることなく、女性はこの料理はどのようなもので、披露されている踊りはどうで、と一生懸命に話しかけてくる。

彼女には悪いが、清霞は芸者遊びにはとんと興味がない。

清霞が絶え間なく続けられる話を聞き流しているうちに、女性は脈なしと悟ったのか、静かに去っていった。

「お前、少しは相手してやればいいのに」

稚田が隣で、呆れたように言う。

「……すみません」

「そういやさ、この前に紹介されてた彼女とは、どうなった？」

清霞はつい苦々しく顔をしかめてしまう。

稚田の言う彼女とは、彼の友人である先輩に紹介されて、付き合いを始めた女性のことだ。

年齢は十八で、容貌も整っており、家は裕福ではないが昔から商いを生業とする、身元の確かな女性だった。

勧められるままに付き合いのようなものを始め、二度ほどともに出かけたが、それきり連絡もとっていない。

「…………」

「その様子じゃ、また上手くいかなかったな？」

やれやれ、と稚田は肩をすくめ、無造作に酒を口にする。

「だいたいな、お前は堅すぎんのよ。女の子にはうんと優しくして、気を遣って、その代わりに癒しや安らぎをもらうわけ」

「はあ」

清霞はおざなりに相槌を打った。

（そうはいっても）

少なくとも、清霞は女性から癒しも安らぎも感じたことがない。

優しくしたらなぜか身に覚えのない勘違いをし、いきなり親しげに馴れ馴れしく振る舞ってくるのが女性ではないのか。

ただでさえ、清霞は社交的なほうではないのだ。

そんなふうに距離を詰められても嫌気が差してしまうし、それを考えると自分から女性に近づいていくのも、必要以上に気を遣うのも、躊躇われた。

「どうせお前のことだから、無愛想に接してたんだろう？　それじゃあ、女の子は靡かないぞ」

「……はあ」

「気のない返事だな。さっきだってあの子、傷ついた顔してたぞ、気づいていたか？」

稚田が視線をやった先には、つい先ほど清霞に必死に話しかけてきていた美しい女性がいる。

「お前はせっかく見た目がいいんだから、使わなきゃもったいないだろ。少し笑いかけてやりゃ、女の子は皆イチコロだろうに」

「いいんですよ。自分には向いていないんです」

「なんだ、急にへそ曲げて」

「……違います」

誰かと時間をともにするのが、清霞には向いていない。これは今までの経験からわかっていることだ。

どこへ行っても上手くできない、どうしようもなく不器用な性分ゆえに。

それは女性が相手でも、家族が相手でも、友人でも知人でも、他の誰かでも変わらない。

「でも、俺たちとは普段からよくつるんでるだろう。特に不都合があったこともないと思うが？」

「稚田さんたちとは、たまに一緒になるだけだからです」

稚田は「そういうもんかね」と鼻から息を吐き、手酌で酒を注ぐ。

「お前だってさ、いいところの坊ちゃんなんだから、いずれ結婚だってするだろ。どうするんだよ、そんなんで。女の子と上手くやれるのか？」

「やらなくてはならないなら、やるしかないでしょう」

稚田に返しながら、清霞はこのとき初めて、そうか、と得心した。

誰かと過ごすのが苦しいから、自分は研究者の道に揺らぐのだ。

仕事をするとなれば、必ず誰かと深い縁ができる。職場の同僚とは毎日顔を合わせ、協力し合わねばならない。

しかし、例外的に研究者なら、ひとりでだいたいのことは済む。学業も、研究も、他人とのかかわりは最低限にしてひとりで取り組めるのだ。

対異特務小隊に所属したらそうはいかないし、結婚にしてもそう。ひとりではどうにもならず、相手がいて初めて成立する。

楽なほうに逃げていると言われたらそうかもしれない。

けれど、できるだけ生きやすいほうへ流れていくのは、そんなに悪いことなのだろうか。

異能者の役目は身体(からだ)が動くかぎり果たすつもりだ。それではいけないのか。

「やっぱり、お前は損しているな。もっと楽に生きろよ。ほれ、呑(の)め呑め」

猪口に注がれる酒の、透きとおった表面を見つめる。そこには、つまらなそうな表情をした男が映っていた。

「いいじゃないの。お前、勉強好きだろ。このまま院に進学してさ、かわいい嫁さんもってさ、家も継いで……悠々自適に生きていけよ」

「……そうできたら、いいですけどね」

しばらく経(た)つと料理や酒が尽き始め、参加者たちも皆酔って、徐々に宴会が終わる間近の独特の空気が漂いだす。

ちらほらとそれぞれが帰り支度をする中、たいして酔いも感じていない清霞は、足元の覚束(おぼつか)ない稚田の肩を支えて店を出た。

今宵(こよい)の宴会の支払いは、教授持ちだ。

「俺は酔ってねえー!」

「はいはい。わかりましたから、しっかり歩いてください」

意味のわからない叫びをあげながらふらつく稚田を、店の前でなだめる。

夜も深まった歓楽街は、来たときとはやや違った様相を見せる。道行く人が減り、闇がより濃くなって、建物や屋台から漏れ出る明かりとの対比に目が痛くなりそうだ。人のにぎわいもいくらか落ち着いて、代わりに清霞の肌をちりちりと、異形の蠢く気配がかすめていくのがわかった。

異形とはいえ、有象無象の小物がほとんどだ。害もなく、わざわざ手を下すまでもない。

「久堂ぉ、お前帰るのかぁ」

「はい。帰ります。……稚田さん、大丈夫ですか？　ひとりで帰れますか」

稚田の家は久堂家とは反対方向にある。送っていく、というには距離があった。

清霞が訊ねると、稚田は「大丈夫、大丈夫」と不安になる呂律で答え、軽く手を振りながら去っていく。

「久堂、じゃあな。また呑もう」

「はい。稚田さんも、お気をつけて」

闇の中へ溶けていく稚田の後ろ姿を見送り、清霞も反対方向へ歩き出した。

歓楽街から離れていくにつれて明かりが減り、頼りない瓦斯灯の光がちらほらとあるだけで見通しが悪くなってくる。

闇が濃いほど、異形の蠢く気配の数も密度も増していった。

清霞が異変を感じとったのは、そのときだった。

立ち止まり、普段から常に肩にかけて背負っている竹刀袋に手を伸ばす。袋の口を解き、中の柄を握った。

（この気配……強い）

そこらを漂う小物とは比べ物にならない、おのずと背に悪寒が走るほど強大な、異形の放つ妖気。否、そんな言葉ではまったく表現できない。

臓腑の底から本能的な畏怖、恐怖が湧き上がってくるような心地だった。

周囲にはいっさいの人影はない。舗装された道に、街灯がぽつんと一本立っているだけで、両側はまだ新しい洋風の佇まいの、真っ暗な店舗が並んでいる。

嫌な汗がこめかみにひと筋流れた。

（いったい、どこから）

この妖気の強さ、並みの異形ではない。

しかもここまで人の本能に作用する悪しき妖気を放っているとなれば、人に対する脅威でない存在であればいいという、清霞の希望も打ち砕かれてしまいそうだ。

──古い異形だ。

清霞は頭の奥が麻痺しそうなほどの濃密な気配の中で集中しながら、そう当たりをつける。

このような強い気配を持つ異形は、この新しき世には生まれない。

もっと昔、何百年と前から人々の恐怖や畏怖を集め、蓄積し、年月を重ねて力を増した存在に違いない。

ごく、と喉を鳴らす。

背負った竹刀袋から、清霞は愛刀を取り出して腰を落とし、いつでも抜刀できる体勢に構えた。

清霞の愛刀は、妖刀だ。縁あって手に入れたもので、いわくのある逸品ゆえに使用者を選ぶが、代わりに普通の刀剣では斬れないものも斬れる。

ふいに、空気の動きが止まった。瓦斯灯（ガスとう）の光が揺らぎ、そして、掻（か）き消える。

「そこだ！」

清霞は叫ぶと同時に刀を素早く抜き放ち、もっとも強い妖気が渦巻く場所に向かって斬りかかった。

響いたのは、がつん、と金属同士のぶつかる重い音。よほど硬いものとぶつかったのか、柄を握った手がびりびりと痺（しび）れた。

それよりも、一撃で斬り伏せられなかったのは問題だった。

清霞は両手の痺れに顔をしかめながら、背後に飛び退（の）いて距離をとる。

（相手は……なんだ？　暗くて、よく見えない）

異形であることは疑いようがない。けれど、どんな姿をしていて、どのように清霞の一撃を受けたのかがまるで見えなかった。

このような暗闇の中では、人である清霞が圧倒的に不利だ。

目の前にいるはずの何かが動く気配、風の流れと揺らぎ。それらのかすかな感覚のみを頼りに、清霞は相手からの攻撃を刀で受け止める。

再び強い振動が刀から伝わってくる。一撃、一撃がひどく重たい。

そのうち、だんだんと目が闇に慣れてきた。淡い月明かりだけでも、相手の姿がつかめてくる。

（人……僧侶か？）

黒の法衣（ほうえ）に袈裟（けさ）をかけ、頭には笠（かさ）をかぶっている。笠から覗（のぞ）く瞳が時折ぼう、とほのかに赤みを帯びて光った。さらに、その片手は黒く、細かな毛に覆われた虫のごとき形をして、清霞の斬撃を受け止める。

傍らには、半ばから折れた錫杖（しゃくじょう）が転がっていた。おそらく、清霞の最初の一撃を受け止めて折れたのだろう。

上手く人に化けてはいるが、その奇怪な姿かたちは異形である証拠。

(虫の異形、それも相当な年月を経た——)

虫の脚の形をした相手の手はおそろしく硬く、加えていつしか、もう片方の手までもが同じく虫の脚に変わり、重い攻撃を次々に繰り出してくる。

その攻撃を躱したり、受け流したりする清霞だったが、いつにもまして早く疲労が溜まっていくのをひしひしと感じていた。

「く……っ」

あの異形の放つ、濃すぎるほどの妖気のせいだ。

清霞たち異能者ならばある程度の耐性があるので、まだなんとか意識を保てる。だが、こんなものに一般人が触れようものなら、一気に正気を失うか、場合によっては死に至るだろう。

それほどまでに強い負の力を、この異形は持っている。

さらに絶え間なく繰り出される、素早く重たい攻撃は、人の肉体など間違いなく容易く切り裂いてしまう。一撃でも食らったら終わりだ。

清霞はいったん長く距離をとり、相手が迫る間に呼吸を整え、刀の柄を握りなおした。

(落ち着け、この刀なら……相手に深手を負わせることができるはずだ)

単なる一撃ではだめだ。もっと集中力を高め、研ぎ澄ました力を込めた一撃でないと。

それまで無表情だった僧侶の顔がにたり、と愉快そうで醜悪な笑みに変わり、向かってくる。

異形の脚が清霞のすぐ前まで近づく。

刹那、清霞は刃を閃(ひらめ)かせ、宙を滑らせるようにして異形を斬った。

響きわたる絶叫。人とはまるで違う、聞くに堪えない濁った叫びに眉をひそめる。眼前では、虫の脚——手の片方を失った異形が仰(の)け反(ぞ)って苦しみ悶(もだ)えていた。

清霞はすぐさま、とどめを刺そうと刀を振り上げる。

けれども、さすがに老獪(ろうかい)な異形である。とどめの一撃になるはずだった清霞の刺突は紙一重で躱され、同時に、にわかに数人の人の気配が近づいてきた。

「清霞！」

呼ばれた清霞は振り返らず、異形から少しも目を離さない。とはいえ、とどめを刺す時機を逸したのも察していた。

（これまでか）

清霞の攻撃を避(よ)けたのち、異形はすでに後方に退いている。そして、脚を失う痛手を負ったせいか、襲いかかってくる気配もない。再び清霞のほうから距離を詰めたとて、間に合わずに逃げられるだろう。

そう考えているうちに、僧侶の姿をした異形は闇の中へ消えてゆくように、赤い目の光だけを最後に残して去っていった。

「清霞、やつはどこへ!?」

軍靴を鳴らし、周囲を煌々(こうこう)と明かりで照らしながら駆け足で近づいてきたのは、五道だった。柄にもなくずいぶんと慌てた、余裕のない表情をしている。

「逃げられました」

淡々と事実だけ告げた清霞に、五道は悔しげに呻(うめ)いた。

「とどめを刺せなかったか……」

清霞は握ったままだった愛刀を鞘(さや)に納め、竹刀袋に戻して背負う。次いで、五道に向き直った。

彼の口ぶりや態度がどこかおかしい。この場に到着したときから、ひどく切羽詰まっているように見えた。確かに逃げた異形は並の相手ではないが、それでも、普段の五道ならばもっと余裕があるのに。

そもそも、どうしてここに駆けつけることができたのだろう。清霞は屯所へは連絡していないし、辺りには人がおらず、誰かが通報したとも考えにくい。

「……五道さんは、どうしてこちらに?」

「ああ。最近は夜間の巡回を強化していてな。ただならぬ妖気を感じるという、巡回中の隊員からの連絡があって」

だからといって、隊長が自ら出動するものではない。彼は——。

「五道さん。あなたは、あれが何なのかご存じなのですか」

訊ねると、五道は苦々しい顔つきになり、目を泳がせてちぐはぐな答えを返してきた。

「まさか、あんなものがこの世でまだ人に害をなそうとするとは……にわかには信じられない。いや、信じたくないんだ」

「え……」

「果たして、俺たちの手に負えるのか？　戦って勝てる相手なのか？」

五道の言葉は清霞へのものというより、独り言のような、自身に言い聞かせているかのごとき口調だった。

「五道さん」

清霞は冷静にもう一度、五道を呼ぶ。すると、ようやく彼の瞳がすぐそばに立つ清霞を映した。

「あれは」

五道の声が途切れ、唇が何も音を発さないまま、二度ほどただ開閉する。言おうとして、躊躇って。そんな彼の心情が見え隠れした。

「……そんなにも、言いにくい相手なのですか」

「そういうわけじゃない。そうじゃないんだ、だが——慌てず、取り乱さずに聞いてほしい」

「はい」

「あれは——土蜘蛛だ」

え、と清霞は唖然として絶句する。

土蜘蛛。かの異形はあまりにも有名だ。今まであまたの伝承を残し、数えきれないほどの人を食らってきた異形の中の異形。

いきなりおとぎ話のような存在の名を出され、清霞は息を呑むことしかできない。

あまりにも現実味に欠ける名だった。

「最近、帝都内は明らかにおかしかった。異形が少なすぎたんだ。だから俺たちは、小物の異形たちが怖れて逃げ、隠れるほどの大物がやってきたのだと見当をつけた。さらに何度か、目撃情報も上がってきていた」

五道によると、そのような気配が漂い始めたのは、ほんのここ数日のことらしい。

そして不自然なほどに相次ぐ、大きな蜘蛛に似た異形を見たという情報。何かとんでもない異形が動いていると対異特務小隊は警戒していたという。

そういう状況なので、異変があったらすぐ対応できるよう、巡回を強化していたというわけである。

ちょうど清霞が屯所に赴いていなかった間の出来事だ。

「実際に被害が出たのは今日の夕方。——人が食われた」

「そんな……」

「本当だ。このご時世にまだ堂々と人前に姿を見せることができ、なおかつ人を襲って食らう輩が存在しているとは思わなかった」

頭痛を堪えるように、五道はこめかみに手をやる。

「被害者は若い男性。昼間、飲食店の料理人をしていて、夕刻、仕事の帰り道に襲われたとみられている。これまで寄せられていた情報、今日の事件の発見時の尋常ならざる状態、そして目撃者の証言と現場に残された妖気から、異形の正体は……土蜘蛛だと判断された」

本当に、土蜘蛛なのか。清霞は先ほどの戦闘を自然と振り返っていた。

あの虫に似た脚、完全に人に、僧侶に化けられるほどの力と、清霞を圧倒してくる膂力。

（ああ、そうか）

土蜘蛛は人を騙して食らうという伝承がある。あるときは美女に、あるときは僧に。人が心を許す姿に化けて、誑かし、騙し、おびき寄せて食らうのだ。

「ともかく、これからはあの土蜘蛛と対峙することになる。危険は今までの比ではない」

「五道さん？」

五道は、話は終わりだとばかりに身を翻す。その背からはなぜか、強い拒絶を感じた。

「お前は家に帰れ」

「では、明日から自分も討伐に——」

「お前はいい。じっとして、自分の生活に集中していろ」

「え？」

土蜘蛛は強敵だ。

自惚れているわけではないが、大きな戦力はあればあるほど都合がいいのは間違いない。だというのに当然、受け入れてもらえると踏んでいた己が提案を取りつく島もなく却下され、清霞は呆気にとられた。

横目に清霞を振り返る五道の視線は、普段ではありえないくらいに冷えきっていた。

「言っただろ。将来のことをあらためて考えろって。お前の答えが出るまで、この件にはかかわらなくていい。お前の覚悟が決まったなら、そのときにあらためて依頼する」

いつもの間延びしたような話し方の、人のいい彼はどこにもいなかった。そこには、ひとつの隊を率い、異形と戦う軍人がいるだけだ。

彼のこういう一面を見たことがないわけではない。

しかし、それを自分に対して向けられるのは初めてだった。彼はいつでも、清霞には父のように、兄のように、気のいい先輩のように接していたから。

「どうして……」

清霞は口に出さずにはいられなかった。

「どうしてですか。覚悟なら、とっくに持ち合わせています！　そうでなければ、異形討伐など参加しません。自分が何年、異形を戦ってきたと――」

「そんなことはどうだっていい」

清霞の言葉は、途中で一刀両断される。

「お前は軍人じゃないだろ。こんな危険な任務には付き合わせられない。……選ぶときなんだ。これから先は、分かれ道なんだよ。今までのお前がどうだったかは関係ない。大事なのは、これからどうするか、だ」

「しかし」

「もう反論は聞かない。いいから帰れ。仕事の邪魔だ」

五道はそれきり、いっさい振り向きすらしなかった。

言い分はいくらでもある。今も喉元まで出かかっている。だが、五道はさっさとその場を離れ、部下たちのほうへ行ってしまい、「邪魔だ」と言われれば清霞は引き下がるほかない。

(意味がわからない。なぜ、どうして)

急に、置いてけぼりにされている気分になった。

このときも、すぐそこでは対異特務小隊の隊員たちが忙しなく行き来し、土蜘蛛の切断された脚を回収したり、他に何か残っているものはないかと熱心に探し回ったりしている。

つい数日前まで、清霞もあの中に加わって一緒に戦っていたのに。

今はものすごく距離を感じる。まるで唐突に別世界に隔てられてしまったかのような、強い疎外感に襲われた。

お前はいらない、お前は部外者だと、明確に突きつけられたように思えた。

(どうして、こんなことに)

五道からの理不尽に対する怒りと疑問、悲しみ、寂しさ。あらゆる感情が胸の内で渦巻いて、居たたまれなくなる。

　清霞は黙って背を向け、家に帰るべく歩き出す。五道に挨拶をする勇気は湧かなかった。

　やはりひと晩経っても昨夜のことに納得がいかず、清霞は翌日、大学の講義の空いた時間に対異特務小隊の屯所を訪れた。

　想像よりはるかに足が重く、何度も引き返しそうになった。

　五道のことを信用している。だからこそ、またあの冷たい視線と厳しい拒絶にさらされたら、折れてしまいそうだ。

　しかし、それでもと向かった屯所だった。

　勝手知ったるもので、清霞は真っ直ぐ屯所内に入り、五道への面会を求めたのだが。

「隊長はいねぇぞ」

　そう粗野な口調でぞんざいに告げたのは、光明院である。

「……どちらに？」

「巡回を強化してるのは？」

「聞いています」

　光明院の問いに、清霞はうなずく。

「ああ、そういや、昨日の夜はお前が土蜘蛛に遭遇したんだったな。まあ、そういうことで隊長は直々に出突っ張りってとこだ。副官の俺も交代で出ることになってる」

「戻るのはいつ頃になりそうですか」

「まだあと二時間くらいは戻らないんじゃねぇか。出てからそんなに経ってねぇし」

落胆したような、安堵(あんど)したような、不思議な心地だった。ただ、どちらかといえば安堵のほうがより強いだろうか。

そんな清霞の表情を、光明院はじっと見ている。

「で？　隊長に何の用だ？」

「いえ……」

さっきまであったはずの、納得いかない気持ちを五道に訴えようという意気込みは、驚くほどしぼんでしまっていた。

清霞が言葉を濁すと、光明院は珍しく深いため息をついた。

「実は俺、隊長から、もしお前が訪ねてきて土蜘蛛の案件にかかわりたいって言ったら、追い返しておけって言いつけられてるんだよな」

「えっ」

まさか、五道が光明院にまでそんなことを言っているとは思わなかった。ますます心中の困惑が大きくなる。

異形を退治すればそれでいいのではないのか。それが、役目を果たすということではないのか。だというのに、五道は清霞が将来のことをきちんと考えるまで、依頼をしないという。

相反する五道の言葉の意味が、理解できなかった。

驚き、思わず沈黙する清霞に、光明院はややすまなそうな顔をする。

「これぱっかりはな。俺はお前にも参加してもらったほうがいいと思ってる。お前は貴重で、大きすぎるくらいの戦力だ。けど、今回はその大きすぎるくらいの力があってもまだ足りないかもしれねぇ」

「……はい」

「だからお前に加わってもらったほうが確実だし、国民を守るっつう、異能者や軍人の立場から考えりゃ、当然そうすべきじゃねぇかな。ただ、隊長の思いもわからねぇわけじゃねぇんだ」

光明院は窓の外を見る。彼の視線の先では数人の年若い隊員が曇天の下、盛んに訓練をしていた。

「お前は若ぇし、異形討伐の経験は豊富でも、軍にも所属してないまだまっさらな若者だろ。たぶん、隊長は巻き込みたくねぇ……とか、思ってんじゃねぇか。あいつらに対してだってそうさ」

窓の外の隊員たちから、光明院は清霞へと視線を戻す。

「土蜘蛛と戦って、もし全滅でもしようものなら後々に困っちまう」

「……だから、まだまだ若くて未熟な自分だから、隊長は自分に覚悟がないとおっしゃったんですか」

「さあ？　俺は隊長じゃねぇからわかんねぇ」

いきなり話を放り投げられ、清霞はがっくりと肩を落とした。

光明院の話はずいぶんと清霞に都合よく聞こえた。若者だから、守りたいから、あえて依頼しない、任務から外すのだと。とても優しい理由だ。

けれど、清霞は、五道の本心は別のところにあると感じている。

でなければ、彼があんなにも清霞を拒絶するのはおかしい。わざと憎まれ役をしているつもりなら、清霞はだいたいそうと察せる。これでも五道とは長い付き合いだから。

だが、違ったのだ。

ただひたすら、純粋に、強い意思で拒絶されたと感じた。あるいは何か、清霞が五道を怒らせるような、機嫌を損ねるような言動をしてしまったかと疑うほどに。

血の気が引いているのが自分でもわかる。あまりにも顔色が悪かったのか、光明院が気の毒そうに見てくる。

「あー、いや、まぁ……そんなに落ち込まなくてもいいんじゃねぇか？　お前が気に入らねぇから外したとか、そんなんじゃねぇと思うし……だってほら、隊長はお前のこと、大好きだろ」

光明院の、彼らしくもない、たどたどしい慰めの言葉は、清霞の耳を右から左へ素通りしていく。

五道の真意を光明院にこれ以上訊ねたところで、確かな答えは出てこない。かといって、清霞の心はもはや折れかけてしまっている。五道の帰りを待って、あらためて問いただす気力は残っていない。

「……大学に戻ります」

「ああ。今日は学校が終わったら真っ直ぐ帰ってゆっくり休め。焦るこたぁねぇよ。いよいよお前の力が必要になったら、ちゃんと呼ぶからよ」

清霞は踵を返し、自嘲気味に少し口元を歪める。

ちゃんと呼ぶ——その言葉どおりになればいいが、今の五道を見るかぎり、ありえない予感がした。

（本当に、異形討伐なんか辞めてしまおうか）

普通の大学生になって研究者の道を選び、異能者としての自分を捨ててしまってもいいのではないか。

そっちがその気なら……もう清霞など必要ないというのなら。

子どもっぽい、不貞腐れた考えが次々に浮かんで、それらは今の清霞にとってやけに魅力的に思えた。

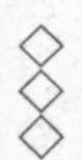

任務から外されることになって、あっという間に一週間ほどが経過した。

その間、清霞はいっさい屯所に寄りつかず、異形討伐からは距離を置いて、学業に精を出しながら過ごした。

風の噂で、ついに対異特務小隊の隊員も土蜘蛛に襲われて命を落としたり、重傷を負ったりしたと聞いたものの、やはり五道から連絡が来ることはない。

（……何のことはない。自分で勝手に思い上がっていたんだ）

清霞は教授の声に耳を傾けつつ、ただ真正面の講義室の壁をぼんやり見つめる。

蓋を開けてみれば、清霞があくせく役目に励まずとも世の中は回るし、誰かが清霞の力を頼ってくることもなかった。

心のどこかで、自分は異能者たちにとって不可欠な存在だと思い上がっていたのかもしれないと気づき、少し恥ずかしくすらある。

異能者の役目から離れたことで、父の正清から何か小言でも聞かされるかとやや危惧したが、そんなこともまるでない。いつもどおり、ろくに顔も合わせずに時間は流れていった。

真面目に講義を受け、課題に取り組んで提出し、卒業論文に向けて資料にあたる。

夜は先輩や教授に付き合って呑みに出かけて意見を交わし、ときには女性相手の不器用さをからかわれる。

そうしていたら、穏やかな日々は瞬く間に過ぎて、清霞は自分が元より普通の大学生だったかのような錯覚すらあった。

「――明後日は講演会も予定されていますので、興味がある者はぜひ参加を……」

教壇から聞こえてくる教授の声に、ふと我に返る。

（そうか、講演会……）

先日、教授から直々に誘われた講演会は今週末、つまり明後日。

異形にも異能者にもかかわらなくなり、思ったよりも時間に余裕ができたため、今の清霞であれば都合をつけるのは容易だ。

(稚田さんも聴講すると言っていたな)

加えて確か、講演会が終わったその晩も呑みに出かけようなどと言っていた気がする。

それもいいかもしれない。

ペンを置き、自分の手のひらをしげしげと眺める。

幼い頃から剣を握り続けた手の皮膚は厚く、硬くなっているけれども、この一週間はまったく鍛錬をしていないので、心なしか柔らかくなっているようだ。代わりに、ペンをいつもよりよく握るようになって、右手の指の皮膚が擦れて赤くなっている。

土蜘蛛の件が、微塵も気にならないわけではない。

ただ一週間、普通の学生として過ごしてみて、こういう生活も可能なのだと知った。それが存外、自分に合っていることも。

はじめは五道に異形討伐から外されたゆえの苛立ちで隊を離れたところもあったが、このまま只人として生きるのも悪くない。そう、思うようになった。

一日の講義をひと通り受け終わり、清霞が所属する研究室に顔を出すと、ちょうど稚田が課題に取り組んでいるところだった。

他に学生はいない。どうやら出払っているらしい。

研究室内はところ狭しと書籍が並べ、重ねられ、歩き回るのもひと苦労だ。やっとの思いで清霞は稚田の向かいの椅子に腰かける。

「稚田さん、お疲れさまです」

「お、久堂。お疲れ」

「課題の調子はどうですか」

清霞がほんの世間話のつもりで問うと、稚田はあからさまに渋い顔つきになった。

「嫌みか。……どうにかこうにかだよ。俺、この課題をきちんと提出して評価してもらわないと卒業できないからな」

「それは大変ですね」

「お前……他人事だと思って」

常に遊び歩いているからそうなるのだ、とはさすがに口にしなかった。そんなことは本人が一番よくわかっているはずだ。

稚田は清霞が付き合っている呑み会や宴会のほかにも、さらにその倍くらいは夜遊びに励んでいる。

よって、人脈は広いものの、こうして学業にしわ寄せがきているというわけである。

「そういや、久堂。お前も明後日の講演会、参加するのか？」

「……はい。そのつもりです」

わずかに口ごもってから、清霞はうなずいた。

本当はまだ迷っていた。参加することに何の問題もなかったけれど、これを選んだら最後、後戻りできなくなるような——根拠のない、漠然とした予感があったから。

しかし、ここで腹を括った。

清霞に夢について考えろと言ったのは五道だ。彼の言い分はすなわち、清霞が研究者としての道を志し、異能者の役目を退いてもかまわないということ。

だったら、悩む必要などない。自分のしたいほうへ進めばいい。

もう、そう開き直ることにした。

「それはよかった。もし知り合いがひとりもいなかったら、息が詰まりそうだし」

「……なんなんですか？」

「いやな、講演会に参加したら評価に加点してもらえるらしくてさ。それで参加するんだよ。だから内容にはあんまり興味ないんだよな」

稚田のあまりにだらしのない参加理由に、清霞はがっくりと肩を落とす。

しかし、不思議と稚田は憎めない性格をしていて、だからこそ、教授たちも彼に挽回の機会を与えるのだろう。

その後、あとから加わった先輩や同輩、後輩らと少しだけ会話をし、清霞は目当ての資料を確認して研究室をあとにする。その足で、大学の敷地（しきち）からも出てしまった。

なんでもない、平穏な一日だ。

日が暮れて闇に呑まれていく帝都の景色を見回しても、古（いにしえ）の強力かつ凶悪な異形が入り込み、人を襲っているとはまるで思えないくらいいつもどおり。多くの人々が行き交い、自動車が走り、雑音が絶え間なく聞こえてくる。

異形だとか、異能者だとか、そういった存在はなかなか表には出てこない。触れようとしなければいっさい触れないまま、何も知らずに過ごせてしまうのだ。

ひゅ、と音を鳴らして、風が吹く。

立ち止まり、風になびいて乱れた中途半端に伸びた髪を耳にかけて、また歩き出す。

今の清霞の背に、竹刀袋はない。代わりに、研究に使う書籍が何冊も入った鞄（かばん）があるだけだ。愛刀よりも、ずっしりとした重みがある。

（本当にこのままでいられるのなら、それが一番いいのかもしれない）

清霞は最近にしては珍しく、真っ直ぐ（まっすぐ）に帰宅した。

常日頃、清霞を夜遊びに誘ってくる稚田があの有様（ありさま）なので、しばらくは夜に出かける予定はない。その分、研究に必要な読書に時間を使うつもりだった。

そんなふうに考えながら帰宅した清霞を出迎えたのは。

「ただい――」

「おかえり」

急に聞こえた低くかすれた声に、顔を上げる。

「……父さん」

まだ秋だというのに分厚い綿入れを羽織り、着流し姿で立っていたのは、清霞の父、正清だった。顔色は相も変わらず青白く、寒気でもするのか、背を丸くして笑みを浮かべながらこちらを見ている。

いったい何の用だと、そう、嫌悪感もあらわに疑問をぶつけそうになるのを、清霞はどうにか堪えた。

「何か？」

ごほごほと咳きこむ正清に、いろいろなものを呑みこんで問う。

しかし、正清はそんな清霞の感情などまったく気にも留めていないかのように、咳をおさめたあとも笑みを崩さない。

「ごほ、電話だよ。……五道くんからだ」

それだけ言い、踵を返して去っていく父。清霞はその後ろ姿をじっと眺めていた。

(他に、何もないのか)

やはり徹頭徹尾、彼は己の子に興味がないらしい。

わざわざ清霞を出迎えたのも、おそらくは清霞が帰ってくるまで電話口で五道の相手をしていたからだろう。そのほうが、帰宅した清霞がすぐに電話に出られるから。

帰ってきて早々ももやもやとした気持ちを抱え、清霞は電話に出た。

本音を言えば、この電話の相手も現時点であまりうれしい話し相手とは言えない。むしろ、ひどく憂鬱だ。

「……もしもし」

〈ああ、清霞か。よかったよ、電話に出てくれて。五道だ〉

受話器を通して聞こえてきた五道の声は一週間前の冷たいものとは違い、それ以前の、穏やかで気のいい本来の彼のものだった。

(なぜ)

困惑を隠せない。一週間前のことなどなかったかのようではないか。清霞は常に頭から離れないくらい、さんざん悩んだというのに。

やるせない腹立たしさに、喉が震えた。

「……今さら電話をしてくるなんて、どういうつもりですか」

〈お前がどうしているかと気になってなぁ〉

「おかげさまで楽しい日常を過ごしていますよ。大学の研究は面白いですし」

〈夜遊びは楽しいし？〉

おちゃらけて訊ねてくる五道のことを、こんなにも憎たらしいと思ったことはない。ただちに電話を切りたい衝動に駆られたものの、代わりに強く受話器を握りしめた。

「何が言いたいんですか。自分がこうしているのは、あなたが土蜘蛛討伐から外したからでしょう」

異能者の命令系統は多くはないが、帝を頂点としていくつか存在する。対異特務小隊はそのうちのひとつにすぎず、異能者として仕事を受ける方法は何も、対異特務小隊から依頼を回してもらうだけにかぎらない。

だから清霞も、たとえ五道に仕事をもらえなくなったとしても異能者として活動することは可能だ。

とはいえ、幼い頃から五道には世話になってきた。

下手に小隊から回されたものでない案件にかかわって軍属でない父親と異形討伐でかち合うのも嫌だったし、五道には恩を感じているから、清霞は小隊の協力者という位置で、彼のもとでのみ働くと決めていた。

それを承知の上で、五道のほうから清霞を突き放したのではないか。

棘だらけの口調で清霞が反駁すると、しばし、電話から何も聞こえなくなった。

〈なあ、清霞〉

やがて、どこか硬さを含んだ声色の呼びかけが受話器から漏れ出てくる。

「…………」

〈お前はちゃんと考えたか？　これから先のお前自身のこと〉

「……考えました。あなたに言われたとおりに、一週間、ずっと、そのことばかり」

おのずとひと言ひと言、力がこもる。

〈なら、答えは出たか？〉

「…………」

そのほんの瞬きの間だけで、清霞は迷いの奈落に突き落とされた。

考えた。頭が痛くなるほど、五道に言われたことを考え続けた。異形と対峙する者としての覚悟、学生としての自分。どちらにも思いを巡らせて。

けれど、答えはまだ出ない。

五道は清霞の沈黙を、正しく受け取ったようだった。

〈答えが出ないなら、出るまで考え続けろ。自分の生き方をここできちんと決めるんだ。道はふたつにひとつ、どちらかを選べるまでだ〉

「いい加減にしてください！　どうしてそんなことを決めさせるんですか。なぜ、自分にばかり」

異能者の役目と、一般的な仕事と。二足の草鞋（わらじ）を履いて、両立させている者はいくらでもいる。現に清霞だって今まで異能者と学生と、両方そつなくこなしてきたつもりだ。なぜ今になって、どんな理由で五道がその二択をしつこく迫るのか、わけがわからなかった。

〈それは、お前だからだよ。清霞〉

けれど、この期に及んでも五道は決定的なことは何ひとつ告げようとしない。それすら己で考えて答えを出してみせろと言わんばかりの態度だ。

〈――俺たちは明日（みょうにち）、土蜘蛛討伐に出る。対異特務小隊の俺や光明院、他数名でやつが塒（ねぐら）にしている場所を攻める。数日がかりの、激しく、厳しい戦いになるだろう〉

五道は淡々と続ける。

〈念のため、訊（き）いておく〉

「……何をですか」

〈お前も行くか？〉

二択の答えはまだ決まらない。けれど、この問いの答えは簡単だった。

「行きません」

どうせ、行くといったところで連れていく気もないくせに。内心で付け足し、清霞は電話を切った。

もう幼稚だとか、そんなことも気にならない。気にならないほど腹が立っている。

一週間前だったら迷わずに行くと答えただろう。だが、今はとてもそんなふうには思えなかった。

断ったことにほんの少しだけ後悔もあったけれど、苛立ちのほうが強い。

清霞はこのとき初めて役目と私生活を秤にかけ、後者を優先した。

二日後——その日は朝から、あいにくの曇天だった。

水分を多く含み、ずっしりと重たげな濃灰色の雲が秋の空に垂れ込め、今にも雨が降り出しそうな鬱々とした天気だ。近頃は秋雨の季節ゆえ、すっきりとしない曇りや雨の日が続いている。

清霞はいつもの鞄に必要な本や筆記用具などを詰め、傘を持って大学へ出かけた。

愛刀の入った竹刀袋はこの一週間、変わらずに自室の壁に立てかけたままだ。

「お、久堂。おはよう」

「おはようございます、稚田さん。今日は早いですね」

大学に着くと、さっそく稚田と出くわした。

夜遊びにかまける彼の朝はいつももっと遅い。しかし、さすがに評価にかかわってくるとあってか、今朝はきちんと午前から登校したらしい。

「今日ばかりはな。場所は講堂だったか」

「はい」

「じゃ、早く行っていい席をとろう」

瀟洒な洋風の佇まいの講堂に、稚田とともに足を踏み入れる。

椅子の並んだ講堂内に人の姿はまだまばらだ。

清霞は稚田と並んで腰かけ、講演会が始まるまで待つ。そのうち、人の姿がぽつぽつと増えてきて、開始時刻となった。

結果として、講演を聞くために講堂にやってきた学生はあまり多くはなかった。だが、教授が言っていたとおり、清霞にとっては興味深く、研究意欲をそそられる内容であった。

通訳を交えた外国人講師の話は、ところどころわかりにくいところもあったものの、それがまた、自分でも調べてみようという気持ちを掻き立てる。

隣の稚田は始終、眠そうにしていたが。

「はあ、終わった終わった」

講演が終わり、講師が降壇して拍手も鳴りやんだ頃、稚田が欠伸をしながらぐっと伸びをする。

「久堂。あとで内容教えて」

「……聞いてなかったんですか？」

清霞は呆れを込めた目で稚田を見た。

「努力はしたけど眠気には勝てなかった」

やれやれとため息をつき、足元に置いていた荷物を持って立ち上がる。

ただ、稚田の態度がどうであれ、清霞にとっては参加してよかったと思える、大変満足な講演会だった。

誘ってくれた教授に今度会ったらぜひ、感謝を伝えなくてはなるまい。

ほくほくとした心地でひとり歩き出した清霞に、稚田が慌ててついてくる。

「なあ、これからどうする？　今日は本当なら講義もない休みなんだし、このまま遊びに行かないか？」

「結構です」

時刻はまだ昼前。せっかくいい講演を聞いたのだ、この胸の内の熱が新鮮なうちに関連する分野の本でも読みたい。このまま遊びになど出かけてこの気分が霧散してしまったら、もったいない。

けれども、稚田は食い下がってくる。

「まあ、そう言わずに。いいだろ、付き合ってくれても」

「だから――」

そのとき、ふいに、清霞にとっては馴染(なじ)み深い気配の揺らぎを感じた。

（術の気配？　式か？）

稚田を無視し、辺りを注意深く見渡せば、それはすぐに見つかった。

真っ白な紙片でできた式がひとつ、すい、と滑空しながらこちらに近づいてくる。他の人間には見えていない。

清霞がさりげなく手を宙にかざすと、式は真っ直(まっす)ぐに清霞のほうに寄ってきて、掌中におさまった。

「どうした？」

急に言葉を切った清霞に、訝しげな様子で稚田が片眉を上げる。

「なんでもありません。すみませんが、今日はこれで失礼します」

早口で断ってから、稚田の「え？　おい！」という戸惑いを含んだ呼びかけを無視して、清霞は小走りにその場を離れた。

式は対異特務小隊の——正確には、光明院が使っているものと同じ形をしていた。

人目につかない近くの建物の陰に隠れ、折り紙のように折り畳まれた紙製の式を広げてみる。


——救援、求む。


中に書かれていたのはたったそれだけだ。けれども、その筆跡が多くを物語る。

雨に濡れたのだろう、滲んで読みにくくなっているうえに、錆色をしたこれは墨やインクで書かれたものではない。

血だ。おそらく、人の血液。

血文字はよろよろと頼りなく、不安定な場所、悠長に字など書いていられない状況であることを表していた。

（光明院さん……！）

彼は元より、雑な文字を書く人ではある。だが、この式はあまりに異様だ。

『――俺たちは明日、土蜘蛛討伐に出る。対異特務小隊の俺や光明院、他数名でやつが塒にしている場所を攻める。数日がかりの、激しく、厳しい戦いになるだろう』

昨日から土蜘蛛退治に出かけたはずの彼らが、ひどく切羽詰まった状況に陥っているのは明らかだった。

光明院だけではない。きっと五道も、他の同行した隊員も。

「どうして……いや」

迷ったのはほんの数瞬。清霞はすぐさま駆け出していた。

異能者の突出した身体能力を生かし、帝都をひたすら駆けて、自宅に向かう。清霞が息を切らし、勢いよく玄関の扉を開けると、近くにいた使用人たちが驚いて目を丸くしている。

「父はいるか」

清霞の問いに、ひとりの使用人が啞然としたままうなずく。

「は、はい。お部屋に……」

「ありがとう」

ぞんざいに礼を言い、清霞はそのまま階段を上がって、正清の部屋の扉を叩いた。

「清霞です。入ります」

「どうぞ」

室内では、ベッドに入って上体を起こした正清が、入室した清霞を感情の読めない目で見つめている。

「どうしたんだい？」

「単刀直入に訊きます。土蜘蛛の巣はどこですか」

清霞が間髪容れず、ひと息に訊くと、正清はただ凪いだ瞳で見返してくるばかり。清霞の焦りなど少しも理解していないようだった。

「ご存じでしょう。急いでいるんです、教えてください」

「…………」

「……教えてください。お願いします」

黙ったまま答えない正清に対して清霞は深く腰を折り、頭を下げた。

普段ならば、この憎たらしい父親に向かって、こんなふうに頭を下げて頼みごとなどしない。

だが、あの只事ではない式を見たとき、胸にくすぶっていた父や五道に対するわだかまりは一気に脳内から吹き飛んでいた。

行かなくては。その衝動だけが清霞の頭の中を占めて、身体を突き動かす。

「君は土蜘蛛にかかわらないのではなかったの？」

静かな父の問いかけ。問答する時間が惜しいが、清霞には土蜘蛛の居場所がわからないのだから仕方ない。

対異特務小隊の屯所へ行って場所を訊けば父親にこんな頼みごとをする必要もなかったと今さら気づいたものの、もう遅い。これから屯所へ駆け込むよりは、父から聞き出すほうが早いはずだ。

「事情が変わりました。救援要請があったので、自分が向かいます」

「ふうん。決心がついたということ？」

「……はい。だから、土蜘蛛のところへ行きます」

本当は、自分が決心したかどうかなんてわからない。だが、清霞は逸る心で肯定した。

このとき正清が何を考えたのか、清霞は知らない。ただ、その数十秒後には正清から聞き出した土蜘蛛の居場所へ急行するため、自室にある愛刀を引っ掴み、家を飛び出していた。

（間に合え……！）

ひどく嫌な予感に、心臓がけたたましく鳴っている。

土蜘蛛は強力だ。五道や光明院も、決してなめてかかったわけではないだろう。万全に準備を整え、十全な覚悟と策で臨んだに違いない。

であるのに、屯所に残した対異特務小隊の面々ではなく、わざわざ清霞に救援を求めるような事態に陥った。

それがいったい、何を意味するか。

すなわち、対処できるのが清霞くらいしかいない、恐ろしいまでの窮地に彼らは立たされている。

正清から教えられた土蜘蛛の塒は、帝都からやや離れた山中だった。

走って行ける距離ではない。清霞は焦燥を何とか抑え込み、路面電車から列車に乗り継いで、できるかぎり早く到着できる経路で道を急ぐ。

これからでは、日のあるうちには目的地に着けないかもしれない。

先日戦った感触からして、夜間、しかも明かりも土地勘もない山中では圧倒的に清霞が不利だ。

列車の車窓から、流れる景色を横目に見遣る。

普段よりもやけにその速度が鈍く感じ、もっと、もっと速く走れと叫びたくなってくる。

けれど、どんなに清霞が慌てようと列車はこれ以上、加速しない。

脳内を巡るのは不吉な想像と、これまでの記憶。

冷や汗が止まらない。ただただ、考えたくもない『最悪』を象徴するような暗雲の渦と、気の逸りとがぐるぐると空回りするばかりで、その実、清霞の思考は止まっている。

五感は確かに機能しているのに、それを処理する脳が完全に動くことを拒否するような有様だった。

ようやく目的の山の最寄り駅に着いたときには、すでにだいぶ日が傾いていた。

列車の扉が開いた瞬間、清霞は文字どおり飛び降りて全速力を以て駆け出し、駅をあとにする。

外は小雨が降っていた。かろうじて太陽の位置がわかるくらいの厚さの雲から、雨粒が次々と落ちてくる。

(あの式が来てから、何時間経った？　どのくらい、彼らは)

雨の中ぬかるんだ道を、泥水を跳ね上げて走る。走る、走る。足がもつれそうになっても、息が上がっても。傘をささず、濡れることもいとわずに。

式が送られてきた時点で窮地に立たされていたとしたら、彼らはこの数時間をどうやって耐え忍んだのか。……耐え忍ぶことなど、できたのか。

努めて冷静になろうとして、けれど、冷静になると嫌な予想しかできないから。

だから、無意識に思考を止める。

舗装されていない、均されただけの田舎道を駆け抜けて、いくつもの小高い山がそばまで迫っていた。

全力で駆けたおかげで想定していたより到着は早かったものの、教えられた情報だけでは、どの山に土蜘蛛がいるのか特定するのは難しい。

（集中しろ）

目を閉じ、感覚を研ぎ澄ます。するとかすかに、異臭にも似たおぞましい気配が漂ってきて、その場所を示した。

（あっちか）

長く走ったため、さすがに脚も重くなり、息をするたびに喉と肺が痛む。それでも、清霞は足を止めない。

山は整備などされておらず、道がなかった。

かろうじて、おそらく五道たちが通ったあとだろう、人がひとり通れる分の幅だけ木の枝や背の高い草が切られたり倒されたりしている場所を見つけることができた。

雨でぬかるんだ山肌は滑りやすく、歩きにくい。滑り落ちては元も子もないので用心して登るが、それではいたずらに時間を食ってしまう。

さらにはシダや笹（ささ）、蔓草（つるくさ）の藪（やぶ）をかき分けなければならない部分もあり、遅々として進まない。

しとしとと、木の葉を打つ雨の音がしだいに強く、盛んになってきている。

また日没が近づくとともに悪天候も手伝って、思ったより早く辺りが暗くなっていくようだ。

まだ初秋で、さほど日が短くなっていないのが不幸中の幸いか。だが、猶予はない。

異能で発火させ即席で明かりを作ることもできなくはないけれど、この雨だ。火を維持するために大幅に気力を消耗してしまう。すでに体力は度外視でここまで来たので、せめて戦うための異能に使う気力は残しておきたい。

山の中を一歩一歩、進むたびに身も心も凍りつきそうな妖気が、ますます濃厚になってゆく。

身体の震えは雨で冷えたからか、武者震いか、それとも恐怖からか。

理性は早く、早くと清霞を急（せ）かしてくるのに、本能が邪魔をする。進んではいけないと、そう訴えてくる。

（怖気（おじけ）づく暇などない）

歩みを止めてなるものか。びくつく本能を精神力でねじ伏せ、清霞は進み続けた。

突如、噎せ返るほどの妖気にさらされる。

前方は視界がまだ草木に覆われて、よく確認できない。だが、よくないものがある。清霞は異能者としてそれを、直感した。

どく、どく。耳の奥で、ひと際大きく、心臓が脈打つ。

――進め、進め。見るな、見るな。

相反する指令が清霞の中でぶつかり合い、思考が真っ白に塗りつぶされて。

口の中がからからに乾く。嗅覚が消える。聴力が消える。手足の感覚も、自分の呼吸ですら意識できないくらい、前に見えるものだけに清霞の集中力は固定されていた。

そうして、ようやく開けた先の景色は。

「え？」

間の抜けた声が無意識に漏れ出る。

凄惨なものなら今までにも目にしてきた。悲惨な状況も、残酷な出来事も。それでも……それでも、この時だけは何も、何も、わけが、わからなくて。

戻った聴覚がとらえるのはひどい雨音と、何かが何かを食む音。嗅覚がとらえるのは、雨の生臭さの中に混じる誤魔化しようのない血臭。

色褪せたような山林の中で、襤褸切れのように木の枝に引っかかっている何か。

土の地面の焦げ茶色にまぎれて散る何か。

真っ黒い巨大な蜘蛛に似たものが前脚に突き刺した、何か。

おびただしい量の深紅の血が滴る。雨でかすむ景色の中で、その赤だけが鮮やかだった。

「五、道さん……？」

雄叫びが上がる。何かを突き刺していた蜘蛛の前脚が異能の力により、あらぬ方向へ捻じ曲がり、突き刺さっていた何かが振り払われて、人形のように転がった。

その何かは、人の形を。清霞のよく知る者の姿をしていた。

「五道さん！」

取るものも取りあえず、飛びつくように駆け寄る。抱え起こそうとして、けれど、伸ばしかけた手を止めざるをえなかった。

ひゅう、ひゅう、と浅い呼吸をする彼の腹には、大穴が空いていた。少しでも触れたら彼の身体はすぐにでも千切れてしまうだろうと、容易に想像できるくらいの。

「ご、ごどう、さん」

口が上手く回っていないような気がした。

止まったままの思考で、ただ、なぜ自分には治癒の異能が遺伝しなかったのかと疑問だけが浮かんでいる。

吐いた血で口許まで真っ赤に染まった五道は、清霞の顔を見て、喜びとも悲しみとも知れない、くしゃりと歪んだ表情になる。

「きよ、か。光明院、が、呼んだ……のか」

五道の瞳が動く。彼の視線の先を振り返ると、木の幹に寄りかかったまま、ぴくりとも動かない光明院がいる。

彼は重傷を負っていた。投げ出された脚は片方が捥げる寸前、脇腹はえぐれ、全身血まみれだ。息があるのかないのか、あったとして助かる怪我なのかは判断がつかない。

う、と短い呻きが横から聞こえ、清霞は慌てて五道に視線を戻した。

「五道さん！　五道さん、自分は……僕は」

混乱していた。どうしていいのか、見当もつかなかった。この、目の前の大事な人に何ができるのか、考えようとしてもわからない。

——否、わからないのではない。

もう手の施しようがない。

それを、認めたくないだけ。

「俺は、だめだ」

「どうして……そんな」

言いながら、清霞は咄嗟に己の背後に結界を張る。ほとんど無意識の行動だった。耳障りな悲鳴を上げて巨大な蜘蛛が結界にぶつかり、跳ね飛ばされる。その間、清霞は振り返ることはない。

瞬きすらせずに、五道を、恩師を、見下ろしていた。

その手を握ればいつもより重たく感じ、雨に濡れて滑り抜けてしまいそう。

「すま、ない。すまない、きよ、か」

「…………」

「俺が、選べって……った、くせに……こんな……こんなつもり、じゃ」

「今は、そんなこと」

「すま、ない、清霞。全部、ぜんぶ」

「五道さん……！」

「すまない。すまない、お前に背負わせる——」

壊れたレコードのように繰り返し詫びを口にする五道の目から、雨の粒とともに、雫がいくつも伝っていく。

瞳は徐々に光を失い、空虚な硝子玉に変わり。握った手はぬくもりが流れ出し、硬く、冷たくなって。

清霞は目を見開いたまま、その場から動けずにいた。

五道が、死んだ。

あちこちに散らばるのは、五道と光明院が引き連れていた数名の隊員たちの骸。明らかに『足りない』のは、土蜘蛛が己の体力を回復するために食らったからか。

皆、顔見知りだった。話したこともある。竹刀や木刀を交えたことも、ともに異形と相対したことだって。

彼らはもはや、物言わぬただの肉塊に変わってしまったのだ。実に、あっけなく。

どうして、どうしてこんなことに。どこで間違った。どうしたら、この惨劇を回避できただろう。

――そこから先の記憶は、とても曖昧だ。

かろうじて、冷えきってかじかんだ手で愛刀を抜いたところまでは覚えている。あとは、断片的な音や光景が浮かんだり、沈んだりする。

土蜘蛛があのとき、五道たちから受けた傷により弱っていたのは確かだ。

動きも鈍く、大した力も残されていなかった。すべて、五道たちの命がけの奮闘があったから。

だから、清霞は単独で弱った土蜘蛛を蹂躙（じゅうりん）し、岩肌もあらわな崖下まで追いつめて、そのままその巨体を縫い留（と）めるようにして愛刀を突き刺して幾重にも封印を施した。

本当は完全に殺し、滅するつもりだった。

しかし、それは叶（かな）わなかった。何度も何度も無我夢中で刀を、それも妖刀を刺しても、土蜘蛛は死ななかったのだ。いつまでもぴくぴくと動き、いっこうにまとう妖気が薄れない。胴を両断しても、頭を落としても無駄だった。

仕方なく、妖刀を媒介として用いた厳重な封印で強大な妖気ごと鎮めた。

まぎれもない、清霞の初めての敵討ち。古の異形をひとりで鎮めたとなればそれは立派な偉業であったが、土蜘蛛が脚一本動かなくなっても、達成感はない。得られたものなど何もなかった。

失ったものがあまりにも多すぎて、大きすぎた。

大粒の雨が木々を激しく打ちつけている。ざあざあ、ざあざあと、何もかもを消し去るかのように。

清霞の記憶がはっきりとしてくるのは、五道の葬式のあたりからだ。

帝都にどうやって帰ってきたかも定かでなく、その後、どう過ごしていたかもよく思い出せない。

気づいたら参列した葬式で、佳斗に胸倉を掴まれていた。

「お前えぇぇぇぇぇ！　よくものこのこ顔を出せたな、この人殺しが！」

「…………」

「なに黙ってんだ、ふざけんな！　この野郎おっ！」

勢いよく振りかぶり、ぶつけられる佳斗の拳を、清霞は甘んじて受けた。抵抗しなかった身体は簡単に吹き飛んで、壁に叩きつけられる。

多少の衝撃はあった。けれども、清霞には特に何も感じられない。

(すべて、その通りだ)

返す言葉もないとはこのことだろう。

あの日のことを、何度も思い返しては違う未来を、結末を、思い描いている。涙は流さない。流す資格がない。

ただひたすら、どうしたら皆を助けられたのか……そればかりを考えている。

五道に将来の夢を問われ、即座に軍に入ることを選んでいたら。

土蜘蛛討伐にくるかと誘われたとき、素直に「行く」と答えていたら。

学問などにうつつを抜かさず、すぐに思い直して彼らのあとを追いかけていたら。清霞が戦力に加わったことで、もしかしたら最初から誰も犠牲になることなく、土蜘蛛を倒せていたかもしれない。もしかしたら、五道を救うのに間に合っていたかもしれない。もしかしたら、もしかしたら。

決して戻ってこない分岐点を思い返しては、後悔を繰り返している。

あのときに帰れたら――時を戻す術が、もしくは命をよみがえらせる術があったなら。

詮無いことしか考えられなかった。

「すまない」

清霞がおのずと口にした謝罪に、佳斗は顔色を真っ赤にする。彼の目尻にははっきりと、涙が滲んでいる。

なおも殴りかかろうとしてくる彼を、黙ったまま眺めた。

清霞はいくらでも彼の拳を受け入れようと、それどころか、殺されても文句を言えないと思っているが、周囲が必死になって佳斗を止めている。

「ふざけんな！　ふざけんなぁ！　なんでお前だけ無傷で、父さんは、父さんは……っ」

佳斗の泣きながら喚く声が、そこら一帯に響き渡った。

人殺し、殺してやる。沈黙の中に物騒な言葉が並び、おそるおそるこちらの様子をうかがう参列者たちが青くなっている。

『あいつはなぁ……元気でやってるんだとは思うぞ。俺にはまったく、いっさいの連絡もないけど、家内にはときどき手紙も来てるしな』

『この国の異能者は遅れているから、異国の進んだ異能や術を学びにいくって、たいそうな啖呵切って出て行ってさ、やっぱり俺への当てつけだよな〜。ははは』

五道はそんなふうに苦笑いしていたけれど。

（五道さん、あなたはちゃんと思われていました。……当然、でしょうけれど）

彼ほどの人格者が慕われていないわけがない。

佳斗だって反抗期もあったのだろうが、結局は五道のことが、父親のことが好きで、だからこそ何ひとつ救えなかった清霞を責めるのだ。

あの人を失わせてしまったのはほかならぬ、清霞だ。

清霞の甘さが、迷いが、幼さが、たったひとりだけの皆にとって大切だった人を失わせた。重すぎる罪だ。清霞の命を投げ出しても足りないくらい。

償いは容易ではない。

「殺してやる、殺してやる！」

佳斗の手が周囲の制止を振りきって、眼前に迫る。清霞が何もかもを受け入れる覚悟で目を閉じた、その瞬間。

「そこまでに、してくれねぇか」

静かに響いた声に、皆の視線がそちらへ集まった。佳斗も動きを止め、ゆっくりと声のしたほうを向く。

光明院がいた。

おそらく医師だろう、白衣に身を包んだ男性が押す車椅子に座り、肩から軍服の上着を羽織っている。

病衣の下、顔面以外のほぼ全身を包帯で覆われた彼は血を滲ませていて、痛々しい。

「佳斗。そこまでに、してやっちゃくれねぇか。頼む。気が済まねぇなら——俺を殺せ」

脂汗を浮かべ、苦悶の表情で訴える光明院を、佳斗は無言でねめつけた。

「俺だって、隊長を守れなかった。むしろ副官で、最初から現地についていったのに隊長を救えず、自分だけ助かった俺のほうが罪深い。違うか？」

「………」

「だから、頼む」

光明院の傷は浅くなかった。

あれからまだ数日しか経っていないのに回復しているはずもない。いくら治癒の異能を使い、さらに最先端の医療を用いたとしても、本来なら絶対安静の時期だ。ベッドから起き上がって車椅子に座っているだけで、意識が飛びそうになるほどの激痛に襲われていてもなんらおかしくない。

「頼む……、頼む」

光明院は深々と頭を下げたまま前のめりになって車椅子から転がり落ち、蹲るようにして土下座した。その拍子に傷口が開いたのか、鮮血が包帯から染みだして床に滴る。

さすがに佳斗も思うところがあったのだろう、握った拳をゆっくりと下ろした。

「……許したわけじゃない。久堂清霞。お前は必ず、父さんと同じ痛みを味わわせる」

激しい憎悪のこもった目で睨んでから去っていく佳斗の震える背を、清霞は目で追う。

すると、床に蹲っていた光明院を再び乗せた車椅子が近づいてきて、そこでようやく顔を上げた。

「清霞」

「……光明院、さん」

「なんて顔してやがる」

「それは……あなたもでしょう」

どうにかこうにか、普段どおりに近い受け答えらしきものをしてみる。

あれから、清霞の表情筋はまったく動かなくなって、元からたいして饒舌でもなかったけれど、ろくに言葉が出てこなくなった。

五道に対して、光明院に対して、そして遺された五道や他の隊員の家族に対して、申し訳なさが先に立ってしまい、謝罪するだけで精一杯で。

「お前のせいじゃねぇよ」

「いいえ。自分のせいです、最初から……ついていけばよかった。土蜘蛛と戦う道を、迷わず選ぶべきだった」

「それは無理だったろ」

「いいえ。……いいえ、できたはずです」

両手をきつく握り、奥歯を嚙みしめる。

五道は確かに清霞に訊いたのだ。土蜘蛛討伐作戦についてくるかと。

それを清霞が子どものように幼稚にいじけて、意地を張って、突っぱねた。そのせいで皆、傷つき、命を落とした。清霞がいればこれほどの損害を出さずに土蜘蛛を仕留められたかもしれないのに。

これを罪と言わずして何と言えばいい。

「だが、元はといえば隊長がお前を突き放したんだ。役目よりもお前の夢を優先しろと、あの人はそう言ったんだろ？」

「夢なんて！」

清霞は光明院が諭してくるのを半ば遮り、叫んだ。

「夢なんて、そんな甘ったるいものに余所見したからこうなったんでしょう！」

「……清霞」

清霞を見る光明院の目が、痛ましげに揺れる。

「あの日の前日、俺は隊長と話した。なぜ、お前を外したのかって、隊長に訊いたんだ」

「………」

「隊長は、やっぱりはっきりとは答えなかった。けど」

光明院は青白い顔でそっと瞑目した。

「お前は力ある者だ。現代において、この国の異能者の誰よりも強い。それほどの力を持ってる。だから……それを、その力ある者としての責務を今一度、認識してほしかったんじゃねぇかと、思った。ただの生まれながらの成り行きじゃなく、しかと覚悟を持ってお前に未来をあらためて選びとってほしかったんだ、隊長は」

ああ、やはり。清霞は何もかもを悟った。

只人としての平穏な日常と、異能者としての常に戦いと隣り合わせの生活と。両者を並べて、清霞は即座に後者を選びとるべきだった。そういうことだ。

それができなかったから、揺れて、惑ったから、五道は死んだ。彼の期待に清霞は応えられなかった。

(浮かれたんだ、夢という、綺麗なものに一瞬でも触れて)

儚く、美しく煌めく——一番星にも似た、夢という魅力的なものをちらつかされてそれでもなお、ぶれることなく異能者の役目を選べる。その覚悟がなくてはいけなかった。

清霞が夢を切り捨て、あえて修羅の道を行くのを五道は待っていたのだ。

思わず、自嘲する。

そんな簡単なことにも気づかず、五道の期待を踏みにじる清霞の姿は、彼の目にさぞ滑稽に映っていたことだろう。

未熟だったと、言い訳をするのは可能だ。だが、その未熟さで失われたものは取り返しがつかない。

「自分は……私は、五道さんの意図をひとつも察せなかった愚か者です」

何が力ある者だ。誰よりも強いだ。そんなものは、きちんと使うべきときに使わないならまるで意味がない。

自分には覚悟があると勘違いをしていた。

力ある者であるならば、生半可なことは決して許されない。二足の草鞋？　甘ったれも甚だしい。何かの片手間に力を振るって、いったい何を為せるというのか。そんなものは覚悟とは呼べない。

「遅すぎる。今になって、気づくなんて」

「清霞？」

不安そうに揺らぐ、光明院の声。清霞はかまわず、身を翻した。

こんなところで呆然と、喪失を嘆いていてもしかたない。その間にも、また間に合わなくなることがないともかぎらないのだ。これから先、何かにうつつを抜かしながら戦いに身を投じることは二度とない。二度と、自分自身が許さない。

「帰ります。……もう、迷いません」

光明院を安心させるために、少し笑いかけたつもりだった。だが、光明院はさながら化け物でも目撃したかのごとく瞠目し、顔を歪める。

二度と、二度と間違わない。迷わない。揺らがない。

僕は、自分は――私は。

力を持つ者として、戦いの中に身を置く。それ以外の道は邪魔なだけだ。

一度として振り返らずに、清霞は葬式の会場をあとにした。

あれほど続いていた悪天候が嘘(うそ)みたいに、真っ青な秋空が広がっている。秋の高い空を見上げたとて、胸の内は後悔ばかりで清々(すがすが)しさなど欠片(かけら)もない。

清霞の耳元ではまだ、あの日の雨声が唸(うな)りを上げるように響いたまま。

（それでいい）

そのほうが今の思いを、あの日の自分への耐え難(がた)いほどの怒りと失望を、忘れなくて済む。

急速に、あの日の雨が遠ざかっていく。

無意識に手にとったコーヒーカップから立ち上る湯気の香りで、現在に引き戻されていた。

清霞の前に座る光明院もまた、どこか、魂を過去に置きざりにしたかのような面持ちをしている。

「――やっぱ、俺、前言撤回するわ」

ふいに光明院が呟(つぶや)いた。

「何をです？」

彼が撤回しなければならない、繊細な心配りに欠けた発言はいくつもある気がする。いったい、どれのことだろう。

清霞が純粋に疑問に思って目を瞬かせると、ばつが悪そうに光明院は指で頬をかく。

「お前は変わらねぇなって、言ったことだよ」

「ああ、あれでしたか」

「……いくつもありそうな言い方すんなよ」

「いくつもありますので」

すまし顔でコーヒーカップに口をつける。

流れ込んでくるコーヒーはやや冷めていたが、深みのある香ばしさで美味しい。いい豆を使い、淹れ方もこだわっているのだろう。

真似をしてみたいが、軍を辞めた清霞が家でコーヒーにこだわり始めたら、美世はなんと言うだろうか。

「お前、変わったよ。隊長になったときはあんまり思わなかったけど、結婚したらやっぱ変わったな」

「……変わりませんよ」

「いいや、変わったね。お前、五道隊長の葬式で自分がどんな面してたか、わかってねぇだろ」

自分の顔は自分では確認のしようもない。素知らぬふりで無言でいると、光明院はひとりで続けた。

「俺が前に会ったときまでのお前はさ、ずっと張りつめてた。張りつめて、いつぷつんと切れちまってもおかしくねぇ糸か弦みてぇに見えたよ。……それはさ、俺のせいでもあるんだよな。俺はお前にずっと、謝りたかったんだ」

光明院が言おうとしていることを、清霞は薄々察した。

さすがに清霞もあのときよりは成長し、大人になった。あの頃の光明院の気持ちも……壱斗の気持ちも完璧ではないけれど、想像して理解することくらいはできるのだ。

「葬式で会ったあのとき俺が言ったこと、覚えてるだろ?」

「…………」

「たぶん、間違いじゃなかった。けど、正解でもねぇ。そもそも、あのときのお前に言うべきことじゃあなかった」

繊細ではない彼が、この結論にたどり着くまでにどれだけ悩み、考え、悔いたのか。それを思うだけで清霞には十分に感じられた。

彼の言葉はもちろん覚えている。忘れるほうが難しい。

力を持つ者の責務、それを清霞に自覚させたくて「異能者の役目か、夢か」の二択を壱斗が突きつけたのだと。

「今なら俺にもわかる。隊長は、お前に本物の覚悟を問いたかった。それは間違いじゃねぇ。ただ、お前が異能者の道以外の道を選んでも、きっと応援するつもりでいたんじゃねぇかって」

「…………」

「ただ覚悟を問うだけじゃねぇ、隊長は、お前が違う人生を選ぶ最後の機会を与えたつもりだったんじゃねぇか。お前が大事だったからだ」

清霞は静かにカップをソーサーに戻した。カチリ、と軽い音がする。

「俺の考えが半端だったせいで、ちゃんと最後まで考えが至ってねぇのに軽率にお前に語っちまったせいで、お前は必要以上に自分を責めた。悪かった」

「……そうですね」

ほ、と息を吐き、真っ直ぐに光明院を見返す。

相変わらず、彼は風貌に似合わない優しい考え方をする。希望のある結論を導くのが得意だ。

「未熟だったんですよ、どうしようもないほど。私も、あなたも」

「だなぁ」

「時間が経って、冷静になって、立場も変わって……そうしてようやく見えてくることもありましたし」

光明院と同じく、清霞もとっくに壱斗の真意を悟っていた。隊長になってからたくさんの部下を持ち、ともに戦うようになってわかったのだ。

あらためて覚悟を問う、なるほど、その意図が主だったのだろう。しかし、夢を持ってほしいという思いも彼にはきっとあった。幼い頃から背負い続けてきた重責から清霞が逃れる道があってもいいと思っていたはずだ。

壱斗は清霞にとってどこまでも良き師で、先達で、父で、兄だったから。

「俺はな、清霞」

「はい」

「お前が軍を辞めるつもりだって聞いて、そりゃあびっくりしたんだぜ」

「そうですね。自分でも、こんな選択ができる日が来るとは思いませんでした」

なら、どうして。光明院のまなざしが疑問に満ちて向けられる。

清霞は苦笑した。

　それはそうだろう。軍に入ると決めた日から、他のいっさいを清霞は遠ざけた。大学の退学届けまで書いたくらいである。さすがに退学は両親が認めなかったのでできなかったが、清霞は本気だった。

　励んでいた講義や課題、研究は最低限に抑えるようにし、異形討伐に明け暮れた。

　他の何もかもが煩わしくなるほどに、ひたすらひとりでいることを選び、異形と対峙し続けて卒業後はすぐに軍に入って。

　教授や先輩、同輩には残念がられたし、特にそれなりに一緒に過ごした稚田にはどうしたのかと問い詰められたけれども、答えられるわけもなく、そのうち皆、離れていく。

　元より独りは苦ではないほうだったものの、あの日からさらにそれが加速していった。

　異能者の役目を果たすことにやたらと頑なになり、やってくる婚約者候補たちに冷たく接してしまっていたのは、おそらく、そのせいでもある。

　いつしか他人とのかかわり合いに対し、拒絶から入る癖がついてしまっていた。

　軍人であることは、清霞にとってそんなあの日からの自分の、象徴のようなもの。手放そうと思って手放せる、軽いものではない。

　けれど。

「婚約してからの私を見たらたぶん、あの人はまた私に、二択を突きつけるだろうと」

中途半端をするな、どちらかを選べと。壱斗ならば、きっとそう清霞を導こうとする。

「そして、今回ばかりは……異能者の責務を選んだら、殴られるでしょうね」

彼は家族を大切にする人でもあったから。

清霞の妻になった女性はただ大人しく家にいて、家庭を守っていてくれるような普通の名家の妻とは少し違う。久堂家の嫁として申し分ない人ではあれど、清霞が全力で守り続けなければ、いつ誰のいざこざに巻き込まれるとも知れぬ身だ。

それでも、彼女が隣にいない自分はもはや考えられない。

であるならば、軍を離れ、あの日の選択や清霞のこれまでのすべてを擲ってでも守らなくては。

苦笑い交じりに話す清霞に、光明院も笑った。

「はっはっは。そうだな、そりゃ、もっともな理由だ。違いねぇ。今度ばかりはその選択で間違いなく正解だぜ」

窓からテーブルに春の日が燦々と降り注ぎ、柔らかな光を放つ。まぶしくも、温かな光が二人を包み込んだ。

あれほど清霞の中に残り続けた雨の音は、すっかり聞こえなくなっていた。

帰宅する頃にはとっぷりと日が暮れていた。

昼間に光明院と話し、夕方になる前に切り上げて再び屯所に戻り、仕事をしていたらあっという間にこんな時間になってしまっていた。

新婚なのにあんまりだと不満を抱かないわけでもないが、あの土蜘蛛(つちぐも)が復活してまた人を襲うようになるとしたら、うかうかしていられない。

(おそらく、軍人としての私の最後の仕事になるだろう)

今度こそ土蜘蛛を倒し、ひと欠片(かけら)の憂いなく軍を辞める。そのために、今が踏ん張りどころだ。

清霞はいつものように家の敷地(しきち)内に自動車を停(と)め、降りて玄関へ足を向ける。

すると、淡い色の小花柄の着物に身を包み、ほのかに笑みを浮かべた美世がちょうど出てくるところだった。

小股でちょこちょこと寄ってくる姿はたいそう愛らしい。

「ただいま」

「おかえりなさいませ、旦那さま」

目が合って、互いに微笑(ほほえ)む。

（五道さん、私は今度こそ――）

亡き大切な人を思う。壱斗がどこかで清霞を見守っていてくれているのなら、この瞬間、きっと昔のように明るく笑っているだろう。

霖雨はやんで秋が終わり、冬を越して……今はもう、春だった。

掌編の玉手箱 いち

義妹が可愛すぎる

――ああ、もう、本当に可愛い。

久堂葉月は、将来の義妹である美世を見るたび、常々そう思っている。


「美世ちゃん、こんにちは」

「こ、こんにちは。葉月さん」

よく晴れた盆も近い晩夏のある日。じりじりと強い日差しが照りつける中、葉月がいつものように自動車に乗って弟である清霞の家を訪ねると。

玄関先で、細すぎる腕に溢れんばかりのたくさんの荷物を抱えた美世と出くわした。

（……贈り物？）

荷物の内容はといえば、さまざまな色や柄の包装紙で包装された箱やら、有名店の紙袋やら、リボンで飾られた籠などなど。

ひと目で誰かからの贈り物だとわかるものが美世の腕の中のほかにも大量に積まれ、山になって玄関を占拠している。

どういう事情かは知らないが、どうやら彼女は使用人のゆり江(え)とともに、それらをせっせと中へ移している途中らしい。

「すごい量ねえ。私も手伝うわ」

「ありがとうございます。助かります……」

じんわりと汗を滲(にじ)ませた顔を、美世がうれしそうに緩ませた。

葉月が加わり、三人で運ぶと、あれだけあった贈り物の山も数回の行き来ですぐに居間へと移すことができた。

が、今度は居間が占拠される。

足の踏み場もないくらいに積まれた荷物は、見ているだけなら色とりどりで楽しいものの、片付けのことを考えたら面倒きわまりない。

この贈り物の数。運びながら、葉月も薄々原因を察した。

「それにしても、本当に多いわね。……清霞の見舞いの品でしょう?」

ふう、と息を吐き、扇子で涼みつつ葉月が問うと、美世は眉尻を下げてこくりとうなずく。

「はい、そうなんです。ここ数日、この調子で次々と」

「本当に、ひっきりなしですよ」

ゆり江も美世の横でうんうんと首を縦に振っている。

「困ったものね」

清霞がオクツキでの任務中に倒れ、その後、数日間にわたる昏睡状態から目覚めたのは、つい一週間ほど前のこと。

昏睡状態、つまり、ただ眠り続けていたといえば大したことはないように聞こえる。だが、眠っている間は飲まず食わずで、身体を動かすこともない。

頑丈な身体を持つ異能者であり、特に体力のある清霞でも、さすがに無事ではすまなかった。

昏睡している間に清霞は急激に体力を失い、加えて疲労も蓄積していたことから、医者の見立てでは、あと少し目覚めるのが遅くなっていたら危ないところだったらしい。当然、しばらく安静にして養生せよと厳命された。

そういうわけで、彼は今なお回復しきらず、床についている状態なのだ。

(まあ、それは仕方のないことなのだけれど)

任務中の事故で、不可抗力である。誰のせいでもない。しかし。

いったい、どこから漏れたのか——「清霞が怪我をして仕事を休んでいる」と中途半端な情報を聞きつけた、清霞の自称・親しい仲の者たちがこぞって見舞いの品を送りつけてくるのはいただけない。

「お見舞いの品の中に手紙やカードも入っているんです。旦那さまにうかがって、とりあえず重要度順に仕分けてはいるのですが……追いつかなくて」

美世はひどく困った様子で肩を落とす。

当たり前だ。社交に不慣れな美世でなくても、あれほどたくさんあっては仕分けしきれないに決まっている。

（もう、美世ちゃんを困らせるなんて信じられない）

これ見よがしに見舞いの品を送りつける者たちに、葉月はだんだんと腹が立ってきた。とてもではないけれど、この状況を見過ごすわけにはいかない。

「じゃあ、私も手伝うわ。家の付き合いのほうなら私も把握しているし、清霞の仕事の関係もなんとなくはわかるもの」

「葉月さん……！　ありがとうございます。本当に、本当に、助かります」

美世が目を潤ませながら、心底感激した様子で何度も何度も、頭を下げて礼を言ってくる。大袈裟すぎるほどに。

とはいえ、こうして頼りにしてもらえるのが小姑としてはうれしい。

「そうと決まれば、さっそく取りかかりましょ」

「はい」

葉月は美世とゆり江とともに、まずは膨大な見舞いの品を開封していった。

そうして、いくつか包装を剝がしていくうちに、わかったことがある。見舞いの品は包装された外観こそさまざまだが、案外、中身はどれもたいして変わらない。

「もう、またお菓子よ。病人にそんなにお菓子を食べさせるわけがないでしょう」

うんざりして葉月がぼやくと、美世もいったん手を止め、困惑したように口を開く。

「こちらもまた水菓子です……。こんなに食べられません」

「花束もまだまだありますよ。困りましたわねえ」

ゆり江の言葉も続き、女三人でそろってため息をつく。

クッキーやチョコレート。饅頭に羊羹。

どれも高価で貴重な輸入品だったり、評判のよい有名店のものだったりするが、量が多すぎて素直に喜べないし、同じものが次々に出てくると嫌気が差してくる。

また、桃や林檎、梨といった水菓子。

適度にあればありがたいこれらも、とても消費できる量ではない。

花も同様だ。飾るにしても限度がある。すべてを花瓶に入れて飾っていたら、家が花屋になってしまう。

「むしろ、見舞い状だけのほうが助かるわね」

葉月の言葉に、美世もゆり江もうんうんと深くうなずく。

「あら、でもこれは使えそうね」

葉月はふと、話しながら開けていた品が手ぬぐいであることに気づいた。

花や波紋の柄がなかなか洒落（しゃれ）た手ぬぐいである。しかもこれならたくさんあっても腐ったりやたらとかさばったりもせず、困らない。

食べ物の類には辟易（へきえき）していたので、ことさら気の利いた見舞いの品に思えた。

差出人を確認してみる。

「……大海渡（おおかいと）家からね。さすが、軍人は見舞いにも慣れているのかしら」

その家名を声に出して読むと、おのずと口の中に苦いものが広がる。

かつて夫だった人物から送られてきた品は、葉月をそこはかとなく複雑な気持ちにさせた。心の傷はすでに癒えていても、あの家での嫌な出来事を忘れることはできない。

けれども、やはりあの人はよくできた人だな、とどこか誇らしさも感じた。

事情を知らない美世がぱちぱちと瞬きをしながら、首を傾（かし）げる。

「大海渡さま……確か、旦那さまの上司だという」

「そうそう」

「では、重要な関係の方ですね。……そういえば、軍の関係の方からはお見舞い状だけいただくことが多い気がします」

言われてみればそうだ。葉月は細かいことに気づく美世に感心しつつ、自分の考えを述べる。

「きっと、物を送ってもこうして相手が困ることがわかっているんじゃないかしら。軍人なら自分や身近な仕事仲間が怪我をして入院することもあるでしょうし」

「なるほど……」

そんなふうに他愛のない会話を交わしながら、葉月たちは三人で手を止めることなく包みを開いていった。

食べ物と花とそれ以外を、送り主がわかるように仕分けていく。

あれだけあった見舞いの品も包装を解いた分だけ次第に嵩(かさ)を減らし、そろそろ終わりが見えてこようかという頃。

途中で美世の手がはたと、不自然に止まった。

おや、と思い、葉月は彼女の手元をうかがうが、特におかしなことはない。ただ剝がしかけの包装紙がついた箱があるだけだ。

「どうしたの？　美世ちゃん」

「……」

黙って固まっている美世に、葉月はあらためて様子を見る。

開きかけの包みの傍ら。よく見ると、ちょっとした挨拶が書かれているらしい、いわゆる『メッセージカード』があった。

よほど深刻なことが書かれているのだろうか。

さすがに病人に罵倒を送りつけてくる者はいないだろうが、呪いの言葉のひとつやふたつ、あるいは筆跡が個性的すぎて読めないカードの一枚や二枚はあるかもしれない。

葉月は少し緊張感を持ち、おそるおそるカードを覗き込んだ。

「これは……」

カードの差出人は、八木百合子、とある。

（八木……八木家？　うーん。ああ、あの事業で儲かっていて今ちょっと勢いのあるおうちだわ。そこの娘さんというと）

記憶を探っていくと、思い当たる人物が徐々に浮かび上がってきた。

「この方、知っています」

ぽつり、と美世が呟く。

「……すごく、美人な方なんですよね」

「そうね」

「『馨しの百合乙女』……という通り名まであると、聞いたことがあります」

葉月も前に耳にしたのを思い出した。

この百合子という女性は、歳は美世よりもひとつかふたつ下。相当な美貌の持ち主、かつ社交的な性格で、何人もの男性がひっきりなしに求婚したとかいう、たいそうな逸話もあったはずだ。

社交界ではかなりの有名人ゆえ、噂として美世の耳にも入っていたらしい。

しかし。

「八木家と親交なんてあったかしら」

心当たりがない。八木家は異能の家でもないし、軍関係でもない。家同士に繋がりはなかったはずである。すると、これは。

「百合子さんの名前で送られてきたということは、彼女と清霞に個人的なお付き合いがあるということ――」

しまった。葉月は慌てて口を噤む。うっかり、失言した。

「…………」

「そ、そのカードにはなんて書いてあるの？」

なおも黙り込む美世が手に持っているカードの内容を見た葉月は、そのまま美世と同じように固まった。

『久堂清霞さま。以前、パーティーでダンスをご一緒させていただいたときは、夢のようでした。わたくしの一生の思い出になるでしょう。回復されたあかつきには、またダンスに誘ってくださいませ。八木百合子』

呆然（ぼうぜん）としたまま二度ほど読み返し、頭を抱える。なんてものを送りつけてくるの！　と叫びたい衝動を、葉月はなんとか堪（こら）えた。

（……彼女、婚約者いたわよね!?　八木家の教育はどうなっているのよ！）

非常識にもほどがある。婚約者のいる者が、同じく婚約者のいる者にこんなカードを送りつけるだなんて、信じられない。

顔もおぼろげにしか思い出せない八木家の当主を心の中でひとしきり非難し――。

葉月ははっとした。

まずい。人付き合いにまだ疎い美世は、こういった状況に免疫がないのだ。これは何か、弁明をしなければ。

おそるおそる美世のほうを見る。

「み、美世ちゃん、あの」

「わかっています。旦那さまは素晴らしい方ですから、女性が放っておくわけがないんです」

「美世ちゃ」

「家のお付き合いもありますよね。わたし、文句なんて言うつもりは、ありません」

「だ、だからね……」

す、と立ち上がった美世は、そのまま八木百合子から送られてきた包みを手に、台所へ行ってしまう。

陰になって表情は見えなかったが、らしくないあの態度。もしや、だいぶ思いつめているのではなかろうか。

「ねえ、ゆり江。様子を見に行ったほうがいいかしら……」

「そ、そうですね。あんな美世さまは、ゆり江も初めてですから」

心配そうに眉尻を下げるゆり江と二人でうなずきあい、抜き足で台所へ向かう。

そろり、と音を立てないように出入り口から中を覗くと、美世は普通に何か料理をしているようだ。その姿に異常な点はなく、ひとまず安心した。

しかしいったい、あの流れでなぜ突然料理をすることになるのか。

二人は覗き見しているのを美世に悟られないように息を潜めつつ、さらに目を凝らした。

（鍋で何かを煮ている？　ように見えるけれど……）

肝心の、八木百合子からの見舞いの品が入っていた箱はすでに空になっている。となると今、美世が煮ている何かが、箱に入っていたものなのだろう。

「……葉月さま、この匂いは」

「なんだか、独特よね……」

葉月とゆり江は、互いにおかしな表情で顔を見合わせた。

◇◇◇

清霞は布団の中で目を覚ました。

もうかなり体調は良くなっているはずだ。しかし、こうして日中に意識が落ちているうちはまだ体力が十分に戻っていないということだと医者にしつこいほど言われているため、大人しく寝ている。

（だいぶ身体(からだ)が鈍(なま)ってしまったな……）

清霞は憂鬱になりながら、ゆっくりと起き上がる。すると、ちょうどそこへ部屋の外から声がかかった。

「旦那さま、起きていらっしゃいますか？」

「ああ」

「入ってもよろしいでしょうか」

「かまわない」

失礼します、と襖を開けて入ってきた美世は感情の読みとれない神妙な面持ちで、両手で盆を持っている。

その盆の上には熱そうな土鍋が乗っていた。

「あの、少し早いですがお昼も近いので、どうでしょうか」

「ああ、もらえるか」

土鍋の中身は粥だろうか。

そろそろ身体に力のつくまともな食事が恋しくなってきたところだが、これればかりはどうしようもない。

枕元に膝をついた美世が盆を置き、土鍋の蓋を開ける。清霞は思わず、首を傾げた。

「……なにか、おかしな匂いがしないか」

「そうですか？」

「いや、気のせいかもしれないが……」

見た目は、ほかほかと湯気を立てる真っ白なごく普通の粥だ。つやつやと輝いて実に美味しそうだし、別におかしいところはない。

しかしその湯気に乗って嗅覚に届く匂いに、途方もない違和感がある。

（毒……ということはないだろうが）

思い出される、美世と出会ったばかりのときの朝食での一幕。

まさか、数か月越しにそれが現実になったのか。いや、今さら毒だなんてありえない。

美世がそんなことをする娘ではないのはよく知っている。

ああでもない、こうでもないと、ぐるぐると思考を巡らせ、けれども、ついにあきらめて匙を手にとった。

たとえどんな調理法だったとしても、食べられる食材を使っているのなら食べても問題ないはずだ。

「い、いただきます……」

「どうぞ」

そして、匙で掬った粥を口に入れた瞬間。

──清霞は口を押さえて、悶絶した。

まずかった。とても、まずかった。

口に入れてすぐは、「少し苦いような？」というくらいなのに、あとから謎の生臭さと薬っぽい匂いが鼻を抜けていく。

粥の中に混じっている、米とは違う何か白い野菜のようなものがその匂いの根源のようで、それを嚙むたびに強烈な異臭が襲ってくるのだ。

おまけにこの野菜の土を固めたような食感。非常に不快と言わざるをえない。

「だ、旦那さま。大丈夫ですか？」

「み、水を……」

「はい」

差し出された水を一気に飲み干し、肺の中の空気をすべて吐き出して、清霞はやっと落ち着いた。

「あの、味が良くなかった……でしょうか」

美世に不安そうに訊かれ、ここではっと気づく。

（正直に言うと、美味しくなかった……が、この場面で言っていいことか？　美世は料理上手だし、きっとそれが自信に繫がることもあるはずだ。それをまずいなどと言ったら、そもそも、こうしてわざわざ身体に配慮して作ってもらったものの味に文句をつける、また傷つけることに――）

結論が出た清霞は、ごくり、と喉を鳴らし、全力で誤魔化した。

「い、いや。かっ……身体に良さそうな味だった」

「食べられそうですか？」

「た、食べる。食べる」

口許を引きつらせ、微かに震える手で匙を握りまたひと口、粥を含む。

（ま、まずい……！　しかしああ言った手前、完食しないわけには）

ゆっくり、ゆっくりとひと口飲み込むごとに水で匂いを薄めながら、匙を動かし。四口目くらいを飲み込んだとき、美世がとんでもない真実を明かした。

「良かったです。そのお粥の中に、お見舞いでもらった食材を使ったのですが」

「……見舞い？　誰からのだ？」

「八木百合子さんという方です」

八木百合子、八木百合子。

すぐには思い出せず、たっぷり一分以上は考え込んで、やっと清霞はその人物にたどり着いた。

（あれか……）

容姿が非常に優れた女性ではあった。

ただし、清霞が苦手とする部類の女性だったので、しつこく誘われたダンスに一度付き合っただけでそれ以上の交流はない。

「……その食材というのは？」

「はい。外国に昔から伝わる、漢方にも使われるものだそうです。名前は……難しくて読めなかったんですが、見た目は生姜（しょうが）に似ていました」

名前のわからんものを不用意に使うな！と心の中で叫びをあげつつ、嫌な予感がしてきた。

「食べるとたちまち元気になるのだそうです。――精がつくと」

「ごほっ」

「だ、旦那さま？」

なんということだ。

いや、確かに弱っている人間が口にすれば、活力が湧いていいのかもしれない。しかし、つまり、たぶん、おそらくは――そういう用途の食材であるわけで。

何を送りつけているんだと、八木百合子を面と向かって叱り飛ばしたい衝動に駆られる。

清霞は冷や汗をかきながら匙を置き、土鍋を盆ごと端に避(よ)けた。

ここまで食べれば十分だろう。清霞は仮にも病人である。食事を残しても何も不思議ではない。何も。

「……悪いが、もう腹いっぱいになった」

「そう、ですか」

きょとんとした表情の美世に、罪悪感がむくむくと首をもたげた。

わかっている。彼女は別に、意地悪であの粥を作ったわけではない。彼女はいつでも清霞に全力で尽くしてくれる。今回とて、善意が十割なのだ。

角が立たないよう、美世を傷つけないよう、精一杯、言葉を選ぶ。

「……それと、漢方の材料になるような食材は、ちゃんと専門家に分量を聞いてから使うべきだ。予想外の効果が出たりするからな」

「ごめんなさい」

「いや、謝ることではない。お前の気遣いはうれしかった」

こくり、とうなずいた美世に、清霞はようやく肩の力を抜いた。異形(いぎょう)と対峙(たいじ)するときよりも疲れている気がする。

とりあえず、回復したら八木家には苦情を入れよう。そう、心に誓った。

◇◇◇

一部始終をゆり江とともに廊下から見ていた葉月は、笑いを堪えるのに必死になっていた。

（お、面白すぎるでしょう！）

もちろんおかしなものを送りつけてきた八木百合子は許しがたく、ただの笑いごとで済ませていい問題でもない。また、その犠牲となった清霞には申し訳ないと思うが。

美世にまったく悪気がないので、ますますおかしい。

「いいものを見させてもらったわ。……っ、ふふ」

動じない美世と、ひたすらうろたえる清霞。普段とは真逆といっていい状況は実に興味深く、愉快だった。

その点だけは『馨しの百合乙女』を評価してもいいかもしれない。

（それにしても……）

葉月は生まれてこのかた、弟である清霞のことを可愛いと思ったことはほとんどないが、美世と一緒にいると時折、ずいぶん可愛らしく見えてくることがある。

幼い頃から多くのものを背負わされてきた彼は、家では常に子どもらしくない子どもだったし、成長してからはより顕著になった。

そんな仏頂面の朴念仁があそこまで誰かに気を使い、表情豊かになるのだから。

(美世ちゃんは偉大だわ)

そして、葉月にはぴんときたこともある。

八木百合子のカードを見たときの、美世のあの反応だ。

困惑して右往左往するでもなく、悲しむでもなく、感情が消えてしまったかのような反応だった。

あれはきっと、己の感情を押し殺しているということ。すなわち、押し殺さなくてはならないほどの大きな感情を抱いたということの証左でもある。

彼女自身にまだ自覚はないだろう。残念ながら、彼女はそういった機微を読みとれるほど、まだ成長しきれていない。

けれど……これは、二人の仲もさほど待たずに進展するかもしれない。そんな予感がある。

葉月は「私の義妹、やっぱり可愛すぎる」と声を抑えて笑った。

甘い、酸っぱい。

真っ青な空に、白い大きな入道雲が浮かんでいる。一段と蒸す、夏の午後。

家の外は茹(うだ)るような暑さで、蟬(せみ)が盛んに鳴いていた。

「暑い……」

屋内は日差しが遮られている分、外より幾分爽やかではあるものの、熱された空気が身体(からだ)に纏(まと)わりついてくるようだ。

自室にて、朝顔の柄の涼しげな団扇(うちわ)を片手に教本を眺めていた美世は、じわじわと体力を奪っていく暑気に辟易(へきえき)して、ため息をつく。

今年の夏は、どうも例年よりも暑いらしい。

(旦那さまは大丈夫かしら)

昨晩の清霞は当直だったために、夜勤をして帰ってきたのは今朝、朝食の時間をだいぶ過ぎてからだった。

それから昼まで休息をとり、昼食をとったと思ったら書斎に籠って今度は対異特務小隊ではなく、家がらみの書類仕事などを始めた様子である。

この暑さの中、休みは本当に足りているのかと心配になる。

「そうだわ」

とあることを思い出して、美世はぽんと手を打った。

時刻は、ちょうど八つ時。まさにいい頃合いだ。

いそいそと台所に向かい、流し台に水を張って置かれた桶を覗き込む。

「……よかった。まだぬるくなっていなくて」

冷水を泳ぐように浮かんでいるのはやや深めの器で、そこにはつやつやとした何本もの糸のような半透明の食べ物が入っている。

ゆり江が買ってきてくれた、心太である。

彼女は今日、この家に働きにくる予定がなかったにもかかわらず、心太売りを見かけてつい買ってしまったからと、わざわざ持ってきてくれたのだ。

たっぷりの冷水でよく冷やされた心太は、暑い午後にぴったりで、とても美味しそうだった。

(確か、ゆり江さんが言うには――)

あまり心太を食した経験がない美世は、ゆり江に教えられたことを思い出しながら、手早くさっと支度して、清霞のいる書斎へ向かう。

「旦那さま、よろしいですか」

「ああ」

部屋の前で声をかけると、すぐに返事が聞こえてきた。

ひとまず、過労で倒れているといった事態には陥っていないようで、胸を撫で下ろす。

「どうした?」

文机から顔を上げ、こちらを振り返った清霞へ、美世は手に持った盆を控えめに掲げてみせる。

「あの、少し休憩されたほうがよいのでは、と……思ったので」

美世が躊躇いがちに提案すると、清霞は一瞬、机上と美世の持つ盆を見比べてから「そうだな」とうなずいた。

どうせなら書斎ではなくもう少し涼感のある場所で、ということになり、二人は縁側の、日の当たっていないところに並んで腰かける。

「今日のおやつは、心太なんです。ゆり江さんが買ってきてくださって」

美世は、ひんやりと冷えた玻璃の器のひとつを、清霞に差し出した。

「美味そうだな。……もしかして、味付けが違うのか」

自分に渡された器の中と、もうひとつの、美世が自分のために用意した器の中身とを見比べ、清霞が言う。

「はい。ゆり江さんに教えていただきました」

清霞のものは酢醤油にからしの味付けだが、美世のものは黒蜜をかけている。

帝都を含めた、帝国の東では酢醤油の食べ方が普通だが、西では砂糖や黒蜜で甘くする食べ方があるらしい。

なんとなく、美世は甘いものを食べたい気分だった。よって、自分には黒蜜味、甘いものをさほど好まない清霞には醤油味と、それぞれ違う味にしてみた。

「いただきます」

二人で揃って器と箸を手に、つるりと心太を口にする。

絶妙な柔らかさと噛みごたえは食感も楽しく、いくらでも食べられてしまいそうな気がする。

「久しぶりに食べた気がするが、美味いな」

「はい。甘いのも、とても美味しいです」

思わず、美世は口許を綻ばせる。

暑さの中でも、夏の味覚を堪能しながら、ぽつぽつと言葉を交わすだけの時間が心地いい。

甘いと酸っぱい。二人で、違う味のものを食べているのに、不思議と同じ体験をしているような気分だった。

「すまない、気を遣わせたか」

清霞がふと、そんな言葉をこぼす。

きっと、忙しそうにしている清霞のために美世に気を回させてしまったと考えているのだろう。でも、美世にとって大切なのは、別のことだ。

「いいえ。ただ、わたしが旦那さまと、ちょっとお休みしたかっただけです」

いつも忙しそうな清霞の身体は、もちろん心配だ。

けれど、こうして二人で暑い夏の日に並んで心太を食べる機会が、これから幾度あるだろうと考えたら、やけに貴重に思えて。

なんてことないおやつと、なんてことない時間に、清霞を誘いたくなってしまったのだ。

「そうか」

安堵の表情を浮かべて微笑む清霞に、美世はそっと笑みを返す。

ちりり、と軒下に吊るした風鈴が、軽やかな音を鳴らした。
さっきよりも少しばかり、心身が軽く、清涼感を得て、夏の午後が過ぎていく。

酔った彼女

　ある日の帰り際のこと。

「隊長～」

　さあ退勤だ、というときになって、対異特務小隊の隊長である清霞を呼び止めたのは、彼の副官の五道佳斗だった。

「なんだ」

「今帰りですよね？」

「ああ」

「じゃーん。これ、隊長にあげます！」

　やけにうきうきとした様子で五道が取り出したのは、白くて四角い箱。

「なんだこれは」

「お菓子ですよ～。……ほら、今日は俺が当直じゃないですか。それでさっき、家の者が来て差し入れだって置いて行ったんですけどね、これが山のように多くて」

「……………」

「今、うちの母が洋菓子作りにハマってて。でもあの人ちょっと豪快なところがあるんで、いつも作りすぎるんですよね。だからって、こっちに押しつけられても困るんですけど。ま、そういうことなんでもらってください」

ぺらぺらと余計な事情までひとしきり説明した五道は、箱を清霞に強引に渡し、「じゃあ、お疲れで～す」と軽い調子で去っていってしまう。

清霞はこめかみに青筋を浮かべつつ、仕方なく箱を持ったまま帰宅した。

「――ということらしいから、お前も食べてくれ」

「はあ……」

ぱちくり、と目を瞬(まばた)かせ、美世はちゃぶ台の上に置いた箱を見つめている。清霞が箱の蓋を開けると、ふわりと酒精の香りが漂った。

中には、きつね色の艶やかな焼き菓子が入っていた。

「わあ……美味しそうですね」

「そうだな」

清霞はさほど甘味を好むわけではないので、もらったときはどうしようかと思ったが意外といけそうだ。

さっそく美世が小皿に取り分け、二人はそれぞれ菓子を口に運ぶ。

（これは……）

嚙むと、じわりと滲むブランデー。それが焼き菓子本体の香ばしい香りと見事に調和し、非常に美味だった。

清霞は洋菓子もなかなか悪くない、とよく味わってから、はっとした。

美味なことは確かだ。しかし、酒精がかなり強い。

「美世。お前、酒は――」

大丈夫か、という言葉を、清霞は飲み込んだ。

「ふふ。美味しい……」

美世の小皿から、あっという間に菓子が消える。

普段なら絶対にありえない、ごく自然にふた切れ目に伸ばされる手。異変を感じた清霞は、その手を慌てて摑む。

「おい、待て」

「らんなさま……？」

すでに呂律の回っていない口で呟き、美世がのろのろと顔を上げた。

薄紅に色づく頬。とろん、と潤む瞳。──明らかに、酔っていた。

「ふふ」

彼女はこてり、と少し首を傾げ、にこにこ笑う。

普段あまり笑顔になることのない美世が。しきりに、ふふふ、えへへと笑い続けている。

清霞は思わずその表情に見入ってしまい、頭を抱えた。

「嘘だろう。……まさか、これほど弱いとは」

「なんらか、ふわふわします……。ふふ」

美世の目尻は下がり、口元は楽しげに緩む。真っ白な首筋が今は赤く上気して、妙な色香まで醸し出している気さえした。

清霞は不自然に早くなる心音を抑え、目をそらす。

これは気のせい、気のせいだ。断じて、おかしな気持ちになどなっていない。

「もういっこ、食べたいれす」

「だっ、おい、やめろ」

目を離した途端、再び手を伸ばした美世をすんでのところで止め、清霞は箱を取り上げる。

——油断も隙もない。

しばらくして、すやすやと気持ち良さそうに寝息を立て始めた美世。その肩に上着をかけ、寝顔を眺めながら無意識に微笑み——。

(五道……明日、必ずしめる)

脳内ですべての元凶である部下をぼこぼこに殴った。

その後、清霞はくれぐれも人前で酒を口にしないようにと、酔っていた間の記憶がない婚約者に強く言い聞かせたのだった。

辰石一志の平凡な、と或る一日

辰石一志は、辰石家の若き当主である。

生まれて二十数年、正直言って不自由しかなかった人生の中で——これを不肖の弟に聞かれれば力いっぱい否定されるだろうが——、現在は最も自由で快適な日々を送っている。

そんな一志の朝は遅い。

自室の布団の上で目覚めれば、だいたい太陽が真上に近くなっている。

「ふわぁ……寝すぎた」

上体を起こし、ぐっと伸びをひとつ。昨晩の酒はすっかり抜けて、気分も悪くない。さて、今日はどう過ごそうかと寝起きの頭で考える。

と、そのとき、自室の扉を勢いよく、どんどん、どんどんと叩く者があった。

「一志さま！　一志さま、起きてください！　もうすぐ昼ですよ！」

声変わり途中の、やや不安定で高い響きの混じった低めの少年の声が、部屋の外でぎゃんぎゃんと絶え間なく吠えている。

こうなったら、一志が出て行くまで引かないどころか、強硬突破してきかねない。

「やれやれ。もしぼくが美しい女性と同衾していたら、どうするんだろうね。まったく」

ぼやきながら、一志は大人しく扉を開けた。

「起きてるよ。一、君はもう少し主人を静かに起こせないのかな」

「起きてるならいいです。ごちゃごちゃ言わずに早く食事を済ませてください。いつまでも片付けられなくて困ります」

素っ気なく言い放ち、ふい、と踵を返した少年は、人のいなくなった今の辰石家で唯一残った使用人、貝沼一太という。

一太の親が辰石家に勤めていた縁で彼自身、昔からよくこの家を出入りしていたのだが、一志ひとりになった辰石家のために、住み込みで家事全般を請け負ってくれている。

ちなみにそれまで雇っていた者の大半は解雇し、一太の親も今は何処ぞの金満家の邸宅でまた使用人をしているようだ。

一太に睨まれながら、昼食を兼ねた朝食をとり、自室で身支度を整えて玄関へ向かう。

つい最近まではこの時刻にはすでに何人もの使用人たちが、黙々と屋敷の中を掃除していたのに、その光景ももうない。

しかし、がらんどうの屋敷を、一志は寂しいとは思わない。むしろ、清々したとすら感じる。以前の屋敷に嫌な空気が澱(よど)みすぎていたのだ、主に父親のせいで。

「うん、今日もいい朝だ」

「だからもう昼ですよ」

これから掃き掃除でもするのか、背後から箒(ほうき)を手にした一太が、冷静につっこむ。

「なかなか、キレがあるね。一」

「意味がわかりません。出かけるなら、早く行ってくださいよ」

まったく使用人らしさの欠片(かけら)もない態度の一太に追い出されるように見送られ、一志は今日もまた、ふらりと昼の帝都へと出かけた。

派手な羽織(はおり)を翻し、気ままに街中を闊歩(かっぽ)する。

行き先は特にない。用もないのに毎日出かけるのは、居心地の悪い家を抜け出していたときからの癖だった。

「さてさて、どこに行こうか……ん？」

一志は少し離れた場所によく知る制服の男たちを見つけ、目を眇(すが)めてみる。どうやら、知り合いのようだ。

（これはちょっと構ってあげないと）

わずかばかり軽くなった足取りで、その制服——軍服を纏った人影に近づいていく。

「……で、十代の少年少女ばかりを狙う悪質な呪いの類が——」

「やあ、おはよう。いい朝だね」

「げ。辰石」

近づいていって声をかけると、軍服姿のひとりである五道佳斗が話を中断し、あからさまに顔をしかめた。

見回りの途中か、他にも三人ほどの隊員がいるが、彼らに用はない。

一志の狙いはこのからかい甲斐のある仕事仲間だけである。

「というか、もう昼だし！お前、昼でもそんな格好でうろついてるわけ？」

「ぼくがどんな格好でもいいじゃない。そういう細かいところ、だんだん久堂さんに似てきたよね」

「褒め言葉をどうも。さっさとどっか行け」

「ああ、五道くんは真面目だもんね」

「ちっ、うるさいな！　仕事の邪魔すんなよ。しっし」

虫でも追い払うように手で払う仕草をする五道に、一志は思わず笑ってしまう。根が生真面目な男がちゃらんぽらんなふりをしているかと思うと、本当に笑えてくる。

だから、からからと楽しいのだ。

「はいはい。じゃ、また飲み屋でも一緒に行こうね」

「誰が行くか！」

憤慨する五道を見て気をよくした一志は、さらに軽くなった歩調でふらり、ふらり、と
その場をあとにし、またぞろ目的もなくそこらの店などを冷やかして回る。

しばらく歩いていると、今度は道端で少々くたびれた着物を着た少女とすれ違った。

「あ、一志さん」

髪をマガレイトに結った少女は、すれ違いざまに声をかけてくる。

（誰だっけ）

今までに出会った女性は数知れず。一志は心当たりが多すぎて、首を捻った。

「最近、うちの店にあまり来てくれないね」

そう言って微笑んだ彼女の表情で、ようやく思い出した。

以前、気に入って通っていたカフェーの女給をしていた娘だ。よく喋る人懐こい娘で、
しばしば世間話などしたのだった。

カフェーに行かなくなったのは少し飽きたからだが、別に店を嫌いになったわけではな
い。ただ、一志が冷めやすい性質なだけである。

「ああ、そういえばそうだね」

「もう。今、忘れていなかった？」

「まさか。君みたいな可愛い子を忘れたりしないよ」

「またまた。口が上手いんだから」

あはは、と口を開けて明るく笑う少女の背に、似合わぬ黒い靄が見える。呪いの類だろう、今は何ともないようだが、長くくっつけていたら心身を損なう。

（可愛い子には呪いなんて、似合わないな）

一志は笑みを浮かべつつ、さりげなく袂から愛用の扇子を取り出した。

「あたし、そろそろ行かなくちゃ」

「ふふ。忙しそうだね」

「うん。でも、一志さんならいつでも大歓迎だから、また店に来てね」

進みだそうとする少女の肩に、一志がぽん、と軽く手をおくと、途端に、黒い靄がさっと霧散する。

「わかった。また行くよ」

じゃあね、待ってるから！　と足早に去る少女の背を見送って、一志も反対方向へまた歩きだす。

今日は知人をからかって遊べた上に、人助けもできて本当に気分がいい。

そうして少し行けば、閑静な公園にたどり着いた。

その公園の池の畔(ほとり)に、白いレースをあしらった日傘を差す、美しい立ち姿の和服の女性が佇(たたず)んでいる。

(これは、また)

どこかの華族の夫人だろうか。隣に側仕(そばづか)えの姿もある。

顔はよく見えないけれど、すでにその佇まいだけで彼女が相当の美人であることが察せられた。

なぜだか知らないけれど、今日は特にツイている。

(ここで声をかけないのは、男じゃないよね)

軽い気持ちから、一志は花に吸い寄せられる蝶(ちょう)のように女性に近づき——笑顔のまま固まった。

すると、それに気づいた女性のほうが、色白の整ったかんばせを綻ばせる。

「あ……辰石さん。こんにちは」

「や、やあ。こんにちは。美世ちゃん」

こめかみに冷や汗が滲(にじ)む。危なかった。彼女、斎森(さいもり)美世におかしなことをしようものなら、一志の首が物理的に飛ぶ。

それにしても、あのみすぼらしかった少女が変われば変わるものだ。まさか高貴な家の夫人と間違えそうになるとは。いや、もうしばらくすれば実際にそうなるわけだけれど。

「いい陽気だね。散歩かい？」

「はい。そうなんです」

訊ねれば、美世は控えめにこくりとうなずいた。その仕草がまた可憐で、他人事ながら悪い虫がつかないか、一志は心配になった。

ただその前に、気になることがひとつ。

「その、手に持っているものは？」

傘を持っていないほうの美世の手から、黒い靄が出ている。美世は一志の問いに眉尻を下げた。

「その、幸運の石だと配っている男性の方がいて……無理やり渡されてしまいました」

美世の手のひらに載っているのは小さな半透明の白い石だった。石は白いが、黒い靄が次々と発せられている。この靄はさっきと同じ、呪いだ。

(なるほどね)

どういうわけか知らないが、呪いを配って歩く変態野郎がいるらしい。

「それ、よくないね」

「やっぱりそうでしたか……。なんだか、気持ちが悪い石で」

「ちょっと貸して」

一志は美世から石を受けとり、握り込んで砕く。案外、簡単に割れた石からあっさり呪いの効果が消えた。

「これでよし」

「ありがとうございます」

胸を撫で下ろし、安堵する美世に、一志も自然と表情を緩ませる。

またひとつ、徳を積んでしまったようだ。

「このくらいはわけないよ。じゃ、久堂さんによろしくね」

「はい。また」

にこにこと手を振る美世のそばを離れ、一志はわずかに目を鋭くすると今度は真っ直ぐに対異特務小隊の屯所へと足を向けた。

（あーあ。仕事かな、この後は）

内心でがっくりと肩を落としながら。

諸々の雑事を済ませ、一志が辰石邸に帰宅する頃にはとっぷり日が暮れていた。といっても、早朝に帰ることもよくある一志にしてみれば、むしろ早い時間である。

呪いをばらまく犯罪組織の根城を壊滅する手伝いをしたため、身体はそれなりに疲れていた。

婚約者が被害に遭いかけたと聞いた大魔神が犯罪者を蹂躙していくのを、ほとんど見ていただけとはいえ。

(ふう。……あれ?)

玄関での出迎えがない。一志は首を傾げて邸内に入る。一太の姿を捜し、食堂まで来ると、彼は食卓に突っ伏していた。

その近くには、すっかり冷めてしまった夕食と、靄を放つ小さな石。

「まったく、こんなところにまで」

呆れ笑いで一志は石を砕き、近くの席につくと、食事を始める。

一太が作ってくれる料理は味はごく普通でも、冷めても食べるくらいには、気に入っていた。

今日はなかなか忙しい一日だった。

けれど、なんとなく身体の疲労は心地よく、心もほどよく満たされている。こんな日ならば、たまにはあってもいいかもしれない。
一志は小さな寝息を立てている使用人の安らかな寝顔を見て、そんなことを思った。

雷雨

夏の暮れ方。遠くで小さく雷鳴が響いていたかと思うと、にわかに真っ黒な雨雲が垂れ込め、雨が降り出した。

美世はやや生臭さを帯びた雨の香りに、台所で夕食の支度をしていた手を、ふと止める。

（夕立ね。どんどん雨足が強くなっているみたい）

そのうち、雷の音はますます近づき、家の上に滝が落ちているかのような、強い雨音へと変わっていくのはあっという間だった。

日没間近の時刻だったこともあり、屋内は電灯で明るいが、外はもう真っ暗だ。

「あ、いけない」

夕立に気をとられている間に、鍋が噴きこぼれそうになり、慌てて火から下ろす。

どうやら、鍋底に焦げ付いてはいなそうだ、と鍋の中を覗き込んで確認し、安堵したとき。

濃灰色の暗い空が、ぱっと光に覆われた。

と、思うと、今度はびりびりと痺れるほどの、凄まじい轟音が耳を劈く。

「きゃっ」

あまりの音に鍋の蓋を取り落とし、耳を塞ぐ。そうして、美世が小さく悲鳴を上げたのと同時、辺りが一瞬にして闇に包まれた。

目を閉じていないのに、どこもかしこも真っ暗でよく見えない。

「え、て、停電……！」

頭で理解できても、慣れない事態に動転し、その場に立ち尽くしてしまう。

（ど、どうしよう）

まずは電灯をつけ直して……いや、電気が止まってしまったのだから、電灯はつかない。

では、蠟燭に火でも灯せば。けれど、台所に蠟燭があったか定かでないし、暗がりの中であるかどうかわからないものを探すのは至難だ。

混乱に、不安。さらに恐怖からか心拍数も上がり、美世が動けないでいると、台所の戸口から清霞の声が聞こえた。

「美世、大丈夫か」

「だ、旦那さま……」

そうっと前のほうへ右手を伸ばし、暗い宙をさまよわせる。すると、その手を硬く、大きな手が柔らかく摑んだ。

——清霞だ。

すっかり冷えた指先を温かな手に包まれ、ほっと胸を撫で下ろす。

「悲鳴が聞こえたが、どこか怪我をしたか？」

表情はよく見えないが、美世の身を案ずる清霞の声と、ごく近くで感じる慣れた彼の気配で、心臓の音はもう平静を取り戻していた。

「いえ、平気です。……少し、驚いてしまって」

「それならいいが」

ひと通りの安否確認を終えると、その場に沈黙が落ちた。

しばらく経っても一向に電気が復旧する様子もなく、怒涛のごとく雨が屋根を打つ音が響き、ときどき、すぐ近くで雷が鳴る。

独特の緊張感からか、暗闇のせいか。

美世は心細さに襲われて、一歩、清霞の気配がするほうに知らず近づく。

それに何も言わずに吐息を漏らした清霞は、ただ摑んだままの美世の手を強く握り直し、軽く引く。

いつの間にか、互いの息遣いが聞こえるほどに近く、二人は身を寄せ合っていた。

先ほどとは明らかに違う理由で、美世の鼓動が大きくなる。

普段ならば、決して近づけない距離。握りあった手が熱い。次は、この後は、どうなってしまうのか。

「美世……」

息の音を含んだ清霞の声が、いつにも増して艶めかしいのはきっと気のせいだろう。おかしな想像をしかけて、美世の頬がかっと燃え上がった。

と、そこでふいに、二人は人工的な光に照らされる。——電気が、復旧したようだ。

思ったよりも間近に迫っていた、婚約者の顔。

明るくなって、それを目の当たりにした美世は、自分がとんでもない行動に走ろうとしていたのをようやく悟った。

「ひっ！　だ、だだだ旦那さま！　ごめんなさいっ」

「あ、いや……」

思わず飛び退いた美世が離した手を、清霞は呆気にとられた様子で見つめる。

（な、何をやっているの、わたし）

ばっく、ばっく、と激しく胸が鳴っている。

暗闇が、かくもおそろしいものだったとは。そして停電は、人の秘めた煩悩を表に出してしまう、非常にはしたない現象だったのだ。

真っ赤になった頬を両の掌で隠し、現実逃避のごとく、とんちんかんな思考をしている美世の傍ら。

握っていた手をぼうっと見つめながら、

(どうせなら、もう少し……さすがにそれはまずいか……。だが、まんざらでもなさそうな……いや、まさかそんなわけはないな)

と、首を捻りながら、清霞は少し頭を悩ませていたのだった。

愛の証

まぶしい。

目を閉じていても瞼を通り抜けてくる強い光に、美世の意識はゆるやかに覚醒した。

さらりとしたシーツの嗅ぎなれない香りに包まれながら、まだ重たい瞼をゆっくり上げると、近くにある窓のカーテンの隙間から朝日が差し込んでいる。

窓の高い位置からベッドを照らす光は、ずいぶん明るい。

（あら……？）

普段は夜明けとともに目を覚ましている美世である。

その明るさからいつも起きている時間をだいぶ過ぎていると、すぐにわかった。

「えっ」

慌てて起き上がり、辺りを見回す。

見慣れない部屋だ。ここはどこで、どうして自分はここで眠っていたのだったか。瞬時に思い出せなくて、少し混乱してしまう。

「美世」

そばで、清霞の声がする。声のしたほうを見ると、彼は身支度を整えている最中だった。

筋肉のついたしなやかな上体に、真っ白なシャツをまとう姿は、下ろしたままの煌めく薄い色の長髪とともに朝日に照らされ、神々しいまでに輝いている。

ただ着替えているだけなのに、こんなにも美しい人が他にいるだろうか。何度目にしても、つい見入ってしまう。

すると、シャツの前ボタンをしっかり上まで留め終えた彼が、こちらに近づいてきた。

「目が覚めたか。おはよう」

「お、おはようございます、旦那さま……」

挨拶を交わすうち、ようやく寝起きの頭も冴えてきて、昨晩までの出来事を思い出すことができた。

（そうだわ）

先日婚儀を終え、挨拶回りも一段落した昨日、溜まった疲れを癒そうと二人で久堂家の本邸に泊まることになったのだった。

なぜ身体を休めるために本邸に泊まるのかといえば、きっかけは葉月である。

慣れない出来事ばかりで、心身ともに疲れきっていた美世と清霞の様子を見かねたのだろう。本邸に泊まれば、正清と芙由の二人もまだ滞在してはいるものの、使用人もいるし、いっさいの家事も必要なく休むのにぴったりだと葉月が勧めてくれたのだ。

清霞の家にも、通いの使用人であるゆり江はいる。とはいえ、確かに任せきりにするのは申し訳なくて、ついつい美世も手を出してしまうことが多かった。

二泊三日の予定で本邸に滞在することになったその目的は、そういうわけで、半ば強制的に休息をとるため。

ここはもともと清霞が使っていた子ども部屋だったらしく、調度品もいくつかはそのまに、今回は二人の寝室として使用することになったのだった。

(本音を言うと、とってもありがたいわ……)

美世の本当の義姉となった彼女は、前にも増してあれこれと美世のことを気にかけてくれる。

今回の宿泊についても、いくら勤勉が取り柄の美世でもゆっくりと安らかに過ごす時間がほしかったため、提案してくれた葉月の気遣いに心から感謝していた。

さすがは人生の先輩である。

と、それはさておき。

「ご、ごめんなさい、わたし、すっかり寝坊を」

我に返り、急いでベッドから下りようとした美世を、清霞が優しく微笑(ほほえ)んで制止する。

「慌てなくていい。疲れていたんだろう。この三日間は好きなだけゆっくりしていてかまわないのだから、寝坊しても誰も責めない」

　今朝は私も普段より遅かったし、とやや照れくさそうに付け足す清霞。美世は胸になんともいえないくすぐったさを覚えた。

　ふいに、清霞の指先が美世の胸元に伸びる。わずかに乱れていた美世の寝巻の衿が、そっと整えられた。

（わ、わたしっ）

　うっかりすればはだけてしまいそうな衿の乱れに、まったく気づいていなかった。起きてからずっとこの状態だったとすると——。

（ひゃあ！）

　内心で悲鳴を上げる。咄嗟にうつむいて、湯気が出そうなほど耳まで熱くなった顔を隠した。恥ずかしくて、恥ずかしくて、穴があったら入りたい。

「も、もも、申し訳ありません……」

　美世が猛烈に噛みながら、蚊の鳴くような声で謝ると、清霞は噴き出した。

「気にするな」

「き、気にします」

「なっ……な、な、そ、ど、どうして、そういうことをっ」

ますます顔が紅潮していくのを感じる。あまりにデリカシーのない清霞の発言に、恥ずかしいやら腹立たしいやらで、感情がぐちゃぐちゃだ。

夫婦になったのだから当然、布団やベッドは毎晩一緒だし、いろいろとさらけ出したりもする。もちろんそれも心臓が止まりそうなほど恥ずかしい。

けれど、それとこれとは話が別である。

清霞は、くく、と喉を鳴らして忍び笑いを漏らしている。そして、さらに美世をからかうような発言をした。

「せっかくゆっくりしていていいと言われたんだ、もう少し、この部屋でゆっ、くりしていくか」

「え?」

「私も今日はさすがに非番にしてもらったし、存分にゆっ、くりできるわけだが」

「え……え、え?」

清霞はやけに『ゆっくり』を強調する。

しかし、すでに日も高い。これからここで、何をどうゆっくりしようというのか。

「いや、今さらだろう」

ベッドに腰かけたまま困惑する美世に、清霞の美しい容貌がじりじりと接近する。美世は驚いて仰け反り、勢いで後ろに倒れこんでしまった。

「だ、旦那さま……？」

「美世」

清霞が笑みをおさめ、真剣そのものの顔つきで美世に覆いかぶさり、じっと見つめてくる。

だんだんと、彼の言う『ゆっくり』の意味が呑みこめてきた。

心臓が激しく打ちつけて、痛い。頬だけでなく全身までも火照って、汗が滲み、真っ赤になってしまっている気がした。

日の光を浴びた清霞の流れる髪がきらきらと煌めいて、まるで光の中に閉じ込められているよう。いつも、何度でも見ているのに、間近に迫る青みを帯びた瞳や、すっと通った鼻筋、形のいい薄い唇から目が離せない。

間違えようのない、愛情の熱が彼から伝わってくる。

（ま、まさか……？　でも、もう朝……）

だが、清霞に真摯なまなざしで見つめられると、美世にはどうしても抗えない。彼の優しく、深い愛情を感じる瞬間はとても甘く、心地が良くて。

二人で溶け合って、いつまでもそのままでいたいとすら思ってしまうのだ。

どく、どく、と自分の心臓の鼓動を聞きながら見つめ合って――どれくらい経ったたろう。

ふいに響いた扉をノックする音で、美世は我に返った。

「お二人さーん？　起きているかしら？」

葉月の声がする。と、同時に清霞が大きくため息をつき、ふっと身を起こして、離れていく。

ほんの一瞬、そのことに一抹の寂しさを覚えてしまい、美世は慌てて首を横に振った。

（何を考えているの、わたし）

けれど、ずっと一緒にいたい、わずかな間でも清霞と離れがたい……そんな思いは、結婚してからというもの日に日に強くなっていくようだ。

愛し、愛される二人で過ごす幸せな時間。

美世にとってそれはあまりに中毒性が高く、依存してしまいそうになる。

ベッドの上で美世が悶々と己の欲望と戦う一方、清霞はさっさと部屋の出入り口に向かい、扉を開ける。

「なんだ」

おそろしいほど、硬い声だった。先ほどまでの、美世と話していたときの声色との温度差がすさまじい。

「何よ、朝からそんな仏頂面で」

扉の向こうからちらりと室内を覗(のぞ)き込んできた葉月と、ちょうど目が合った。

熱が引いていないので、きっとまだ頬が赤いはず。美世はいたたまれなくて顔を伏せ、心持ち縮こまる。

「あら、あらあら、もしかして新婚さんのお邪魔をしてしまったかしら？」

「わざとらしい物言いをやめろ」

「まあ。その言い方。あなたこそ、姉に向かってどういうことよ」

美世の角度からでは清霞のことは背中しか見えないし、葉月の表情も扉の陰になって確認できないが、二人の会話を聞いているだけで、火花を散らしながら睨(にら)みあう様子が手にとるようにわかった。

「それで？　何の用だ」

「ああ、そうそう。ちょっと訊(き)きたいのだけれど。あなたたち、今日は二人でボートに乗りに行くって言っていなかった？」

「あっ」

思わず声を上げてしまう。

すっかり忘れていた。近くの公園の池でボートに乗れると聞き、せっかくなので気分転換に乗りに行こうという話になっていたのだった。

寝起き直後からのあれこれで、完全に記憶の彼方へ消えてしまっていた。

「で、もう朝というよりどちらかというとお昼に近いのだけれど、行くの？　行かないの？」

葉月に問われ、清霞が美世のほうを振り返る。

「どうする、行けそうか？　もし気が乗らないなら、無理にとは……」

「行きます。行きたいです」

美世は迷わず、即答した。

いくら休んでいていいとはいえ、屋敷の中で一日中だらだらとしていてはいけない。さっき、嫌というほど思い知った。このままでは駄目になる。駄目人間まっしぐらだ。

そうと決まれば、すぐさまベッドから降りて立ちあがる。

「き、着替えてきます！」

そそくさと早足で部屋を出ていこうとした美世を止めたのは、清霞だった。片手を軽く引かれ、美世は清霞を見上げる。

「旦那さま？」

「それじゃない」

「……清霞さん。あの、ええと……？」

美世の摑まれた手とそれを摑んだ清霞の手とは、互いにまだ熱を持っている。先ほどまでの余韻が、二人の間に漂い始めた。

「私は一日中、ここで過ごすのでもいっこうにかまわない」

「え」

「公園になんて、いつでも行ける。休みでなくてもそのくらいの時間はとれるから」

「で、でも……」

「嫌か？　私と一緒にずっと、この部屋で英気を養うのは──」

清霞の澄んだ双眸に吸い込まれそうになる。外に出よう、そう決めたはずの意思がぐらぐらと土台から揺らぎだした。

そう、嫌なはずがない。

元より、美世だって清霞と二人きりで愛を確かめ合う時間が何より愛おしいと感じているのだ。清霞の言葉はきっと彼が想像している以上に、美世にとっての誘惑となる。

しかし、しかしだ。

(しっかりなさい、美世。このままでは呑まれてしまうわ)

自分で自分を叱咤する。

本当に、清霞は罪深い夫である。美世の思考をここまで堕落したものにしてしまうのだから。

「い、嫌じゃありません……でも、わたし、ちゃんとした人でいたいんです！」

「ぶっ」

美世が叫んだ途端、傍らから噴き出す声が聞こえた。

そこで、はたと、大切なことを忘れていたと思い至る。そういえば、この部屋には二人だけではなかったのだった。

押し殺した笑いが今も漏れ出ているその方向を、おもむろに見遣る。

そこでは葉月が腹を抱え、苦しそうに肩を震わせて大笑いしていた。

美世の視線に気づいたのか、葉月はなおも笑い続けながら、息も絶え絶えにどうにか口を開く。

「い、いいのよ、ふふ、続けて続けて。あはは、ああ、おかしい。ちゃんとした人ですって。か、かわいいわ、ふ、ふふふ。清霞、あなた、ちゃんとした人ではないんじゃない？」

「おこ、怒らないでちょうだい、あははは。私のことは忘れて、ふっ、くくく、もっと気が済むまでいちゃいちゃしてくれていいのよ？」

清霞が呆れたように冷たく見下ろすのをものともせず、葉月は大笑いし続ける。

最初に我に返ったときはとんでもない羞恥心でまたもや穴に埋まりたくなっていた美世も、次第に冷静になってきた。

「旦那さま、手を」

「離していいのか？」

「き、着替えてきますから！」

強めに主張すると、すんなりと清霞の手が離れる。彼の瞳がどことなく名残惜しそうだったのは、きっと気のせいだろう。

まさか、二人で自堕落に過ごすことを彼が本心から望むはずはない。その、はずだ。

「残念ねぇ。二人の初々しいやりとりがもっと見られると思ったのだけど」

「いい加減にしろ」

背後から聞こえてくる葉月と清霞の会話は聞かなかったふりをして、美世は身支度を整えるために別室に急いだ。

結局、美世と清霞が屋敷を出たのは、昼の少し前だった。

初夏も近くなってきており、暖かな日差しと爽やかなそよ風が気持ちよく、実に過ごしやすい気候だ。

今日の美世は普段と趣向を変え、洋装をしている。

昨年から初めて洋装をするようになり、何着か、ワンピースやブラウス、スカートを葉月の助言なども取り入れて買い揃えた。

今日着ているのは、その中の一着である。

白いレースの襟がついた、やや身体の線に沿う形の細身のワンピースなのだが、若草色の地に、木製で大きめの茶色いボタンがついているのがかわいらしい。

一方、清霞のほうも洋装で、白いシャツに焦げ茶色のズボンという、ずいぶんと簡素な出で立ちだ。だが、それが彼の鍛えられた長身にむしろよく映えて、魅力的に見える。

とはいえ、清霞はだいたい何を着ても似合うのだが。

(旦那さまはいつも素敵だわ)

こんなにも格好よく、しかも優しくてなんでもできる人が自分を愛し、結婚してくれたというのが未だに信じられない。

白いレースの日傘を差し、斜め後ろを歩きながら、美世はしみじみと思う。

日中のこの時間は、いつも美世が街中を訪れる時刻とは雰囲気が違う。昼が近いので、どうやら昼食目当てに街路を移動する、帝都で働く大勢の者たちが行き交っていた。

スーツ姿の男性が目につくけれど、中には着物姿の男性や女性、美世と同じく洋装の女性などもかなり含まれている。

（それにしても……）

もうだいぶ慣れてきたけれど、今このときも、清霞はすれ違う人の視線をことごとく奪っている。女性だけではなく、ときには男性も。

皆、一様に目を瞠って、すれ違いざまに清霞を凝視する。

そのとき、当然ながら、ともに歩いている美世になど誰も注目しない。清霞だけが特別なのだ。

彼の放つ清らかで凛々しくも鮮烈な……雰囲気、否、エネルギーとでも呼ぼうか。そんな力や存在感が、人々を魅了する。

「美世。先ほどから黙って、どうした？」

黙々と歩いていると、清霞が横目で美世の様子を確認しつつ、気遣ってくれた。

「いえ……なんでもありません」

「そうか？」

不思議そうに首を傾げながら清霞は言い、手を伸ばしてくる。

「はぐれないように」

「はい」

美世は空いているほうの手で、伸ばされた清霞の手を握った。

あなたが素敵すぎて見惚れていましたと素直に白状することは、到底できそうもない。

だって、きっとひどく呆れさせてしまうから。一生、飽きなんてこないと断言できるほど、あなたのすべてを好きだとばれてしまうから。

ぽつぽつと、二人で昼の街の喧騒の中を歩いていくと、公園まではすぐだった。

整然とした鮮やかな緑の植木や咲き始めの薔薇などがそこかしこを彩り、広い池だけでなく、真新しい洋風の東屋もある。見ているだけでも興味深く、しかし、ほっとできるような空間になっていた。

公園というよりは、広大な庭園というほうが近い印象だろうか。

「きれい……」

緑の豊かな場所は好きだ。特に池や噴水などの水辺があるところを好むので、外出した際にはいくつか、そういった公園に立ち寄ることがある。

けれど、ボートを漕(こ)ぎだせるような、これほど大きな池のある場所はなかなかない。

「ボートは、あれか」

いささか色が褪(あ)せ、古びた感のある木のボートが一艘(そう)、ぽつんと池の畔(ほとり)に縄で繋(つな)がれて浮いている。

幸い、他にボートを使う人はいないようだった。

清霞が先にボートの上に飛び移る。さすがの平衡感覚で、かなり揺れたボートに眉ひとつ動かさず上手(うま)く立って、美世に手を差し伸べた。

「足元、気をつけろ」

「はい」

美世はそっと清霞の手をとり、おそるおそるボートへ移る。揺れはしたが、清霞がしっかりと支えてくれたので、ボートがひっくり返るなどの惨事には見舞われず済んだ。

「ありがとうございます」

「ああ。座るときも用心しろ」

慎重に美世が座ると、ボートを繋いでいた縄を外してから清霞も向かいに座り、オールを手にとる。

清霞が二本のオールを漕ぎだすと、ボートは瞬く間に池辺を離れていった。

「すごい……」

街の喧騒が一気に遠ざかる。公園で遊ぶ子どもの声も今はもう、非常に微かだ。近くに誰もいない池の中央は、水の音だけがしてとても静かだった。

遮るもののない中で吹くそよ風が、さあ、と水面を撫で、美世の髪もわずかになびかせていく。

「どうだ、ボートは。初めてだろう？」

「はい。なんだかすごく、心が落ち着きます」

癒される、とはこういうことを言うのかもしれない。

小波に揺蕩うボートの上で、ただ静かに自然の音だけに耳を澄ませる。忙しない日々に浮足立って疲れた心が、じんわりと解けていくようだ。

ボートに乗るというのが、こんなにも気分のいいものだとは知らなかった。

「でも、旦那さまにばかり漕がせてしまうのは……」

「別にたいした力が必要なわけでもないから、平気だが」

だが、漕いでばかりではせっかくの静けさを味わえない。美世は差していた日傘を閉じた。

「わたし、漕いでみたいです」

意気込んで申し出た美世に、清霞は驚いた顔をしたあと、困ったように眉をひそめる。

「やめておいたほうがいい。お前には難しいと思う」

「一度でいいですから」

「まあ、少しの間だけなら」

渋々、といったふうに清霞はうなずき、さっそく二人は位置を交代した。

美世はまだ清霞の体温の残るオールを握り、彼がしていたのと同じように漕いでみた。

正確には、漕いでみようとした。

（お、重たい！）

先刻、清霞はたいした力は必要ないと言った。実際、涼しい顔をして漕いでいた彼と比べれば美世には力はないけれど、それでも、少しの間くらいなら代わりに漕げると思っていたのに。

どうにかこうにか、オールを動かすことはできるものの、必死に力を込めても極めて鈍重な動きにしかならず、ボートがほとんど進まない。

「う……うぅ、はあ」

みるみる腕がだるくなってきて、美世は詰めていた息を大きく吐き出した。ほんの数十秒しか漕いでいないのに、もう指先が震え始めていた。

清霞は呆れた様子で「だから言っただろう」とため息をつく。

「お前には難しい。腕力がまったく違うのだから」

「はい。……ごめんなさい」

清霞にも楽をしてもらいたかっただけなのだが、どうやら美世が身の程知らずだったらしい。

甚だ不甲斐なく、美世は失意のうちに再び清霞と場所を入れ替わった。

「無念です……」

「そう落ち込むな。――美世」

呼ばれて、美世は伏せていた目をおずおずと上げた。

すると、清霞が何やらズボンのポケットから取り出し、差し出してくる。美世が両手を出せば、それが掌上に、ぽん、と載せられた。

とても軽いものだ。軽くて、柔らかい。これは。

「わあ、かわいい。お人形でしょうか……？」

それは小さな花柄の入った橙の縮緬の布で作られた、動物の人形だった。

猫のようであり、犬のようであり、狐のようでもある三角の耳の不思議な動物だが、黒く縫いとられた目がつぶらで、なんとも愛らしい。

大きさは美世の両手の手のひらにおさまるくらい。胴は綿がたくさん詰められているのだろう、もこもことして丸く、首には赤い紐が蝶々結びで飾りつけられている。

「人形というか、御守りだ」

「御守り？　御守りでしたら、たくさんいただいてますけれど……」

首を傾げた美世に、清霞はかぶりを振る。

「いろんな御守りを試行錯誤しているうちに、新しい形のものにも興味が湧いてきてな。それは試作だ」

美世は手の中の人形を、じっくりと眺める。

縫い目も均一で綺麗だし、雑貨屋などで売られていてもおかしくない出来だ。試作ということだが、まさか。

「このお人形そのものも、旦那さまが？」

「いや、さすがにそれは買ったものだ。……その、人形とか、そういうもののほうがお前が喜ぶかと思って」

照れているのか、きまり悪そうにそっぽを向いて答える清霞に、美世は胸を撃ち抜かれた気がした。

女性への贈り物だとしても、装飾品などとは異なり、男性がこのような人形を買うのには勇気がいるはずだ。

それなのに美世のためだけを思い、わざわざ買ってくれたとは。

「はい。かわいくて、すごく……すごく、うれしいです」

幼い頃は、人形やぬいぐるみなどに憧れた。家の中ではいつでも持ち歩き、一緒に本を読んだり、寝たりするのだと聞いて、小学校の友人などがうらやましかった。

もう人形で遊ぶような年齢ではないけれど、かわいいものは大好きだ。

「御守りなのですよね？　大切にします」

「ああ。大きさが大きさだから、持ち歩く必要はない。……部屋の調度と守りを同時にこなせるものが作れないかと試してみただけのものだから、深く考えずに部屋に飾っておくなりすればいい。家は結界があるし、あまり役には立たないだろうが」

「かわいいので、全然問題ありません。おうちに帰ったら、さっそく部屋に飾ります」

かわいらしい人形を見ていると、自然としまりのないにやけ面になってしまう。

だが、うれしいのだから仕方ない。

「風に当たりすぎるのもよくない。そろそろ戻ろう」

「はい」

微笑(ほほえ)みを浮かべ、清霞はまたオールを持って、ボートを漕ぎだした。

二人はそのまま、公園の東屋(ガゼボ)にて持参した弁当で昼食にした。

ちなみに弁当は久堂家の料理人が作ったもので、葉月が気を利かせて持たせてくれたものだ。

花模様の蒔絵(まきえ)の美しい重箱は、和風のおかずの入った段と洋風のおかずの入った段、おにぎりの入った段があった。それぞれ、ちょっとした煮物や和え物(あえもの)から、揚げ物のような存在感のあるおかずまで多種多様で、目にも華やかだった。

おにぎりも、鮭(さけ)や昆布、おかかなど具がさまざまで、それを互いに言い合うだけでも楽しい。

「美味(おい)しかったですね。お義姉(ねえ)さんにも、帰ったらお礼を言わないといけません」

「ああ。……天気もいいし、今日はこのあと、少し散策して帰ろうと思うんだが、どうだ？」

「はい。そうしましょう」

公園の遊歩道を、目的もなく、二人並んでただ歩く。

木漏れ日がちらちらときらめき、木の葉は太陽を浴びて抜けるような緑色に光る。そんな遊歩道をずっと歩いてゆくと、ふと、前方に小さな建物があるのを見つけた。

「あれは」

「小さいが、社だな」

くすんだ茶色の、木造の社は、子どもひとりがどうにか入れるかどうか、というくらいの大きさしかない。しかし、小さく古びていてもきちんと手入れが行き届いているようで、花や神酒が供えられている。

「嫌な気配ではないな。祀られているのは、このあたりの人と土地を守る神だろう」

「嫌な気配……の、お社もあるのですか？」

疑問に感じて訊ねると、清霞は首肯する。

「社や祠、像なども、善いものばかりではない。誰が参拝しているかわからない下手な廃神社や、そこらの打ち捨てられた祠や神像などは特に危ないから、近づかないほうがいい」

「あの、別邸に行ったときに手を合わせたお地蔵さまは……」

「あれは害のないものだ。むしろ、よく土地を守っているから、礼を失することのないよう気を遣うべき相手といえる」

「そうなんですね」

美世には見鬼の才はないから、もし人ならざる悪しきものがいても気づけない。見かけてもやたらと手を合わせぬよう、注意が必要だろう。

「もちろん、そういった場所には生きた悪人も潜んでいないともかぎらない。……たいていは人気のない辺鄙な場所だから、無法者のたまり場のようになっていたりもする。仕事上、何度もそういう例があった」

「確かに……」

その発想はなかった。だが、なるほど、社だからといって存在しているのが神や異形のみであるはずはない。本来は大勢の人が集まる場所なのだから。

隣の清霞を仰ぎ見ると、なんともいえない苦々しい面持ちをしていた。

「旦那さま？」

「ああ、いや。少々不快なことを思い出した。悪意のある人間は、見た目からそうと判断できるものだけでもないし、本人に悪意や悪事を働いている自覚が必ずしもあるともかぎらないと……そう思っただけだ」

藪から棒に、いったいどうしたのだろう。

美世にはさっぱりだったが、清霞の口が重たそうで訊き返すのも憚られ、そのまま社の横を通り過ぎていく。清霞が話さなかったのだから、美世にとっては重要ではない事柄だったに違いない。美世はひとり、そう納得した。

　ぐるりと公園を一周し、美世と清霞は帰路についた。

　歩き回って体力は使ったけれど、胸の内に長く澱(よど)んでいた疲れや解けきらない緊張など、刺々(とげとげ)しいものがすべて綺麗に取り払われた心地だった。

　ちょっとした事件が起きたのは、美世たちが久堂家本邸にちょうど戻ったときのこと。

「旦那さま？」

　玄関から中に入ったところで突然、清霞が足を止めた。

「騒がしいな」

　すぐには何のことかわからなかったけれど、言われてから耳を澄ませてみると、清霞の言うとおり、何やら言い争うような声が聞こえる。

　清霞は心底嫌そうに眉を寄せた。

「どうせまた、あの人だろう」

「お義母(かあ)さまでしょうか？」

　問うても、肯定も否定もしない清霞だったが、その表情からして答えのようなものである。

　しばし何か思案した清霞は、嘆息した。

「すまない。様子を見に行ってくる。お前は……疲れているだろう、部屋か居間にでもいてくれ」

疲れてはいるけれど、耐えられないほどではないし、美世も何があったのか気になる。

清霞の提案に、首を横に振った。

「いえ、わたしも行きます」

「……そうか。ならば、このまま行こう」

声はよく聞くと二階からのようだった。美世と清霞は顔を見合わせ、階段を昇っていく。

そうして階段を昇りきった、まさにそのとき。

「ああ、もう！」

ある部屋から、思いきりしかめ面をした葉月が足取りも荒く出てくるところとかち合った。

「姉さん」

清霞が声をかければ、葉月はだんだんと表情を和らげていった。

「あら、あなたたち。帰っていたの？」

「ついさっき帰ってきたところだ。家に入るなり声がしたから、様子を見に来た」

葉月は美世たちのほうへ近寄ってきて、申し訳なさそうに眉尻を下げる。

「それは、悪いことをしたわね。……お母さまがまたちょっとね」

葉月によれば、なんでも、芙由の部屋にあった陶器の人形が知らぬうちに割れてしまっていたらしい。舶来の品で、真っ白な聖母のような美しい女性を模した人形なのだが、台座が小さなオルゴールになっていたのだとか。

その人形が、芙由が部屋を離れているうちに床に落ち、割れてしまっていた。

芙由が正清から贈られた数多（あまた）の品のうちのひとつで、彼女の嘆きようと言ったら、もはや言葉も届かず、手がつけられないほどだという。

「嘆くというより、怒って当たり散らしている、というほうが正しいかもしれないけれどね」

葉月は肩をすくめる。

「人形自体はね、そんなに高いものでも、希少なものでもないの。お父さまもそう言って宥（なだ）めているのだけれど……駄目ね」

痛ましいことだ。美世は手に持った、今日清霞からもらったばかりの人形をぎゅっと抱え込む。

愛する人からの贈り物はたとえどんな安物でも、ありふれたものでも……いくつももらっていたとしても、ひとつひとつに大切な心も思い出もこもっているもの。何度も、何度も、受け取った贈り物を眺めては、そのときのことを思い出して幸せな気分に浸るのだ。

　それが壊れてしまったとなれば、冷静でいられないほど悲しむのは当然だろう。

（あら……？）

　さすがの清霞も芙由を哀れに思っているだろう、そう思って彼を見ると、美世の予想に反して清霞はなんとも微妙な顔をしていた。

　たとえるならば、美世がひとりで祖父や従兄（いとこ）の新（あらた）に会いに薄刃（うすば）家へ出かけると告げたときのような。快く送り出したいけれど、行ってほしくない……と、そんなときの顔に似ている。

「それで、先代はなんと？」

「あなた、自分の父親を『先代』って呼ぶの、どうかと思うわよ。……まあ、お父さまのほうは特に怒っても悲しんでもいないみたい。人形が壊れた原因を調べるかどうかは、まだ聞いていないわ」

「おそらく、深く追及はしないだろう」

「たぶんね。だから、しばらくはそっとしておきましょう。あなたたちも、じきに夕食の時間だから着替えてくるなら着替えてきてしまいなさい」

　言い残して、葉月は一階へと下りていった。

芙由の部屋からは、未だ悲痛な涙交じりの怒声がわずかに漏れ聞こえている。確かに、今は美世や清霞が首を突っ込んだところで、ろくな結果にはならないだろう。

だが、葉月と清霞の会話を聞いていて、ひとつ気になったことがある。

「旦那さま」

「なんだ」

「お人形が壊れた原因について、お義父さまが追及されないというのは、なぜですか?」

「ああ……」

「お義父さまはお義母さまを大切に想っていらっしゃるから、お義母さまが悲しんでいたらきっと、壊してしまったのが誰か、突き止めようとするだろうと思うのですが……」

美世の質問に、清霞は難しそうに眉間にしわを寄せた。

「……そうだな。大切だからこそ、ということもあるのではないか」

「大切だからこそ?」

「ああ。大切だからこそ、贈り物がどうこうとそちらに労力を割くよりも、大切な人間本人を気にかけるほうが重要だということだ」

わかるような、わからないような。ゆっくりと清霞の言葉を呑みこんで、美世は問い返した。

「つまり、お義母さまの気持ちを鎮めるほうが大事だから、贈り物はどうでもいい、ということでしょうか……？」

「端的に言えばそうなる」

どこか釈然としない部分はあるけれど、正清と芙由の関係は普通とは少し違っているところがあるし、ほかならぬ息子の清霞の意見だ。そういうことなのだろう。

美世はそう己を納得させ、着替えのために清霞と別れ、自室へと戻った。

その後、夕食の席に芙由は姿を現さなかった。

やってきた正清が、芙由のことは待たなくていいと言うので、美世と清霞、葉月、正清の四人で席に着く。

夕食には相変わらずの、秀逸な洋食の数々が供される。

彩り豊かな季節の野菜を使った前菜に始まり、美世が聞いたこともない名のもったりとしてコクのあるスープ、魚料理に、肉料理。どれもとろけるほどの柔らかさと、複雑な風味が絡み合った深みのある味つけで、量もそれなりにあるが、ぺろりと平らげられてしまう。

美味（おい）しいのはもちろんなのだが、味から作り方がまったく想像できないのが、やはりさすがである。

ちなみに、清霞と葉月は料理とともにワインを飲んでおり、美世と正清は水だ。

ほろ酔いの葉月が場を盛り上げ、正清がそれに乗る。清霞は水を向けられたときと、たまに相槌（あいづち）を打つときだけ会話に入り、美世は訊かれたことにだけ答える。

そんないつもの食事風景が過ぎていく。

やがて、デザートまですっかり終えてしまうと、食事の席はお開きとなった。

美世は意を決し、食堂を出ていこうとする正清を呼び止めた。

「あの、お義父さま」

「なんだい、美世さん」

年齢と外見がかなり乖離（かいり）している、穏やかな正清の笑みが向けられる。彼はいつもとても優しく接してくれる、美世にとっては良き義父だ。

「その……お義母さまの、お食事は？」

「ああ、心配してくれるんだね。ありがとう。これから僕が部屋まで運ぶつもりだよ」

「えっ、お義父さまがですか？」

美世は驚いて、目を瞠（みは）った。

先代とはいえ、彼は久堂家の家長だった人だ。そんな人が、妻のために手ずから食事を持っていくなんて。

通常の家では考えられないことだろう。どんな愛妻家であろうと、そんなことをする人はごく稀なはずである。

（やっぱり、お義父さまはお義母さまのこと、本当に愛してらっしゃるんだわ）

失礼かもしれないけれど、感心してしまう。また、そこまで思われている芙由がうらやましくもあり、心がほっこりと温まった。

が、癒されているのはどうやら美世だけで、隣で話を聞く清霞は不愉快そうな無表情を浮かべている。

「ふふ、呆れさせてしまったかな。僕と芙由ちゃんはいつもこうなのだけれど」

「呆れるなんて、とんでもありません。わたし……憧れます」

高揚した気持ちを抑えるため、美世は両手でにやけそうになる両頬を覆いながら答える。

すると、ずっと無言だった清霞が口を挟んできた。

「憧れる？　……これにか？」

「はい。いつまでも想い合われていて、とても素敵です」

どこか問題があっただろうか。不思議に思い、美世は小首を傾げるが、清霞は渋面のまま何も返してこない。

「美世さん。もしよければ、君も芙由ちゃんの部屋に一緒にこないかい？　君が来てくれれば、芙由ちゃんもいつもの調子を取り戻すかもしれないし。もちろん、清霞も」

「はい、ぜひ――」

「やめておけ」

即答しかけた美世の言葉を、遮ったのは清霞だ。だが、正清は笑顔で「まあ、いいじゃない」と軽く流す。

「清霞、君も息子として少しくらいは母親を元気づけてあげてもいいんじゃないかな。さ、そうと決まればさっそく行こう」

さっさと歩いていく正清のあとを、清霞の反応を気にしながら美世はついていった。最終的には清霞も観念したのか、特大のため息とともに後ろをついてきてくれる。

一行は夕食を持ち、階段を上がって二階の芙由の部屋を訪ねた。先頭を行く正清が部屋の扉を二回、ノックする。

「芙由ちゃん、入るよ」

返事を待たずに慣れた様子で扉を開け、遠慮もいっさいなしに入室する正清。美世は若干、呆気（あっけ）にとられたが、すぐ「失礼します」と断って躊躇（ためら）いがちにあとに続いた。

芙由の部屋は別邸のものを見たことがあるが、こちらも、天井から壁紙、床に敷かれた絨毯、カーテンにその他の調度品まで、彼女らしく派手だが趣味のよさも感じる、ぎりぎりの線をついている。

芙由自身は何をするでもなく椅子に座り、真っ暗な外をじっと見つめていた。

「芙由ちゃん、マイハニー。食事を持ってきたよ。少しでもいいから、食べないかい？」

「ありがとうございます。……ですが、今は喉を通る気がしません。しかも、他人のいる前では」

彼女のいう『他人』が、美世を指しているのは明白だ。とはいえ、これくらいはもはや日常茶飯事なので、美世もいちいち目くじらを立てたりはしない。

（いつもよりお義母さまの声に元気がないわ……とても落ち込まれているのね）

普段のような覇気も張りもない芙由の声を聞いて、美世はますます心配になった。

その後、正清が言葉を尽くして芙由を宥め続け、ようやく芙由は食事をとることにしたようだ。

美世たちはそれを見守っていたものの、さすがに手持ち無沙汰になってしまう。

芙由を元気づけるために役に立ちたかったけれど、やはり実際に彼女を前にすると、自分にできることなど何もないと実感する。

ふと、清霞を見ると、彼は何やらチェストの上に置かれたものをじっと見下ろしていた。

置かれていたのは、白い手巾の上にまとめられた、陶器と思われる白い破片だ。

おそらく、これが例の人形の成れの果てなのだろう。台座部分や大きな破片は、まだ人形だった頃の面影を残している。

「壊れてしまう前は、さぞ綺麗だったのでしょうね……」

「さあ、どうだかな」

清霞はオルゴールになっているという、比較的原型を保った小さな抽斗状の台座を手にとり、ひっくり返して底面を見て、また元の場所へ戻す。

その手元を覗き込んでいた美世は、一瞬だけ見えた台座の底面に、不可解な模様があったことに気づいた。

(今の……何だったのかしら)

人形の作者の銘が刻まれているのかとも思ったが、それにしては意匠が変わっていて、趣が違うように感じた。どちらかというと、銘や目印というよりは……術を使うときの図柄に似ていた。

考えすぎだろうか。

「旦那さま？」

（でも、久堂家は異能者の家で術具を扱っていてもおかしくはないし……良くないものなら、お義父さまや旦那さまが気づいて撤去しているはずよね）

少なくとも、美世が心配することではないはずだ。

芙由の部屋の中には、豪奢（ごうしゃ）だが、趣味の悪さは感じさせないものがたくさんある。花瓶や時計、動物の形の置物、額装された風景画に香炉まで。

どれが正清からの贈り物で、どれが彼女自身の選んだものかはわからない。ただ、芙由にはよく似合っていて、どちらにせよ、品物を選ぶ目が優れているのだろう。美世も、ぜひ見習いたい。

「さて、じゃあ芙由ちゃん。僕たちは外に出ているから、ひとりでのんびりと食事をしていていいからね。……清霞、美世さん。いったん出よう」

ようやく芙由の機嫌が落ち着いたようで、正清は彼女に優しく語りかけてから、こちらにも声をかけてくる。

美世はこくりとうなずき、清霞はやっとかと言いたげに、鼻を鳴らした。

「相変わらずだな、あなたは」

三人で廊下に出ると、ずっと不機嫌そうにしていた清霞がようやく口を開き、正清の背にそう言葉を投げかけた。

「なんのことだい？」

振り返る正清は満面の笑みで、まったく変化がない。問い返しておきながら、少しも疑問を感じていないかのようだ。

「趣味が悪いと言っている。……いくら愛する者同士だからといって、一方的に支配するのがそんなに素晴らしいことだとは、私には思えない」

「え？」

清霞の言っている意味が理解できず、美世はぽかんとしてしまう。

「支配だなんて人聞きの悪い。双方、同意の上だよ。それに僕は芙由ちゃんを支配などしていないから」

「贈り物だとかいって、妻の私的な空間を勝手に覗き見、音声を盗み聞きする術具を贈る。支配、といっても差し支えない、十分に人の道に外れた行為だと思うが」

「ええっ!?」

美世は一拍置いて会話の内容を理解し、驚きのあまり手で口許を押さえた。

ようするに、人形の破片に描いてあった模様、あれが術の図柄のようだと思った美世が正しかったということだろう。

私的な空間を覗き見、音声を盗み聞く。そんなことをできる術や道具があるのか、いささか疑問ではあるけれど。

「贈り物、全部……？」

呆然（ぼうぜん）として呟（つぶや）いた美世に、正清はまったく笑顔を崩さずに「うん」と肯定してみせた。

「実は芙由ちゃんの部屋のものはだいたい、僕が贈ったものでね。彼女を常に見守れるよう、ひとつひとつ丁寧に術を施しているよ」

悪びれないどころか上機嫌にのたまう正清を、美世は絶句して凝視する。

にわかには信じがたい。けれど、清霞の指摘に始まり、本人までもこうして認めてしまっている以上、事実には違いない。

美世の中で、正清と芙由の純愛の印象ががらがらと崩れ去っていく。

ずっと穏やかで優しいと思っていた正清の変わらぬ笑顔が、真実を知るやいなや、とんでもなく不気味なものに見えてきた。

誰かに己の私的なところを延々と見られ続ける――想像しただけで頭が真っ白になるくらい、おそろしい。

背筋に、ぞくぞくと悪寒が走った。

「しかし、あの人形が壊れてしまうとはねぇ。残念だよ、あれはまだ僕らが若いときの思い出の品だったのに」

「よく言う。おおかた、人形を割ったのはあなただろう」

次から次へと繰り出される衝撃の事実。刺激が強すぎて、もはや美世にはいちいち反応する力は残っていなかった。

「おや、どうしてそう思うのかな？」

「うちの使用人に、主家の者の品をうっかり壊すような不調法者はいないし、万が一、誤って壊してしまった場合でも黙っているような者はいない。それに」

「それに？」

「そもそもあなたは四六時中、あの部屋を覗けるんだ。もしそういった者がいたら即刻、馘首(かくしゅ)しているはずだろう。これは壊れた贈り物に関心があるかどうかという問題とは関係ない。久堂家の体面の問題だからな。だが今日、馘(くび)になった使用人はひとりもいない」

「なるほど」

「つまり、あとは家族の誰かが割ったか、何らかの事故で自然に割れてしまったかのどちらか。後者は状況を見たところ、可能性は低い。前者を考えると、あの人が自分で贈り物を壊すわけもなし、私も美世も出かけていて不可能、姉さんは元よりあの部屋には近づかない。よって、残るはあなたに絞られる」

すらすらと推論を述べる清霞は堂々としていて、なんとも心強い。一方の正清は、感心したふうに、うんうんと首を上下に振りながら笑っていた。

「しかし、清霞。すると僕が人形を割ったのは、事故かな？　それとも故意？」

正清はどういうつもりかは知らないが、急に清霞に問いを提示する。まるで、そういうゲームでもしているようだった。

「知るか、そんなこと」

清霞は辟易（へきえき）した様子で小声で悪態をつき、解答を放棄した。

「だったら、故意だとして、動機はなんだと思う？」

正清の目は子どものごとくきらきらと輝き、この状況をすっかり面白がっている。清霞が答える素振りがないため、美世はおそるおそる代わりに答えた。

「あの……ええと、あの人形がいらなくなったから、とか……でしょうか？」

「ほう？　どうしていらなくなったのかな？」

「え、ええと……それは、わかりません……」

そこまでは考えていなかった。おまけに、だんだんと頭の中がこんがらがっていく。

妻である芙由の部屋に、贈り物だといって、常に覗き見と盗み聞きが可能になる術具を贈り、さらにそれを自分で壊す。

あらためて並べてみると、正気の沙汰ではない。

正直、最初から最後まで常軌を逸しており、美世には到底その動機にたどり着けそうになかった。

美世がひとりでおろおろと困り果てていると、清霞の手がぽすん、と肩に置かれる。

「私の妻で遊ぶな、変態中年」

「君が答えないから、彼女が代わりに答えを出そうとしてくれたんじゃないか。あと、変態中年はさすがにちょっと傷つくよ」

清霞のこめかみに、ぴしり、と青筋が浮いた。

「変態が、己の変態性についてあらためて客観的視点から指摘されたいようだから答えるが。あなたが人形を壊したのは、どうせ愛を確認するためだとでも言うのだろう。人形が壊れ、悲しむ相手を見て愛情が薄れていないことを再確認し、悦に入る。幼稚にもほどがある」

「よくわかっているね」

「わかりたくもないがな」

正清は満足げに数回、手を叩く。そうして、踵を返した。

「いいじゃないか。僕と芙由ちゃんは昔からこういう関係なんだよ。これが僕たちの愛の形であり、あの贈り物の数々は愛の証だ」

ふふ、と最後に心から楽しそうな、はにかむような笑みをこぼして、正清は去っていった。

怒涛の展開で、美世はその場にしばらく立ち尽くすことしかできない。浪漫だと思っていたものはことごとく破壊され、なんとも気持ちの悪い後味だけが残っている。

もちろん、義父と義母の関係が気持ち悪いのではなく——自分の中で消化できていないせいだ。

脂ののった大きな肉の塊でも無理やり飲み下したかのような、胸の重さと圧迫感。

ずいぶんと胃腸に負担のかかりそうな消化に悪いものを摂取してしまった気分だった。

そして、話を聞いていてまたひとつ引っかかった部分がある。それは、正清の『双方、同意の上』という言葉だ。

文字通りに受け取ると、私的な空間を侵害する術具を贈ることについて、互いに同意しているということは。

（お義母さまも、贈り物がそういうものであることをわかっていて——？）

美世は身震いする。

見てはいけない、おそろしいものを見聞きした。そんな気がする。

「美世。さっきまでの話は忘れていい。いや、忘れろ」

完全に震え上がった美世を気遣い、清霞が言う。だが、言われるまでもなく、美世はこの数十分間の出来事をまるごと頭の隅の隅に追いやったのだった。

入浴を済ませ、美世は寝室に向かった。

室内では先に入浴を終えていた清霞が、寝巻の浴衣でベッドに腰かけている。

「旦那さま。お風呂、上がりました」

「ああ」

仕事の関係だろうか、読んでいた書類を片付け、清霞が手招きをする。美世はそれに従い、清霞の横にそっと腰かけた。

「旦那さま」

「なんだ」

入浴中、あらためていろいろと考えてしまった。

昼間、公園で清霞が口にした不可解な言葉は、もしかしたら正清の行為を指していたのかもしれない、とか。あの場にいなかった葉月は、知っていたのか、とか。

けれど、美世が一番、気になったのはそれらのどれでもない。

「あの、いただいたお人形……なのですが」

そこまでで、清霞は美世の言いたいことを察したらしい。勢いよく美世のほうを向き、

「違うぞ」と早口で返してくる。

「私の贈ったあの人形は決してそういう意図はないし、そんな細工もない。神に誓ってもいい」

「はい……」

こういうとき、葉月だったら「必死すぎて逆に怪しいわ」と遠慮なく一刀両断するのだろうが。

美世にとっては、今の必死な清霞はどこか微笑ましく、愛おしい。

「本当だぞ」

「はい。そんなに何度も念を押さなくても、わかっております」

くすり、と堪えきれずに笑った美世を、清霞は朝の続きのようにベッドに横たえる。その表情もやはり、真剣で。

「私としては、そういう術具がお前の身の回りにひとつくらいはあってもいいとも思うのだが」

「え……？」

清霞が、ふいに美世の首筋に顔を埋める。吐息がくすぐったくて、熱い。あっという間に美世の胸は彼の香りでいっぱいになった。

「お前は危なっかしい。そのくらいしないと、誰かに盗られたり、傷つけられたりするかもしれないから、いつも気が気でないんだ」

「だ、旦那さま、そんなに、しゃべらないでください……っ」

清霞が声を発するたびに息が首筋にかかって、おかしな声が出そうになる。それをなんとか耐えて、美世は腕を清霞の頭に回して、ふわりと抱え込んだ。

「旦那さま。もし本当に必要だったら、おっしゃってくださいね」

そう、つまるところ、美世もたぶん芙由と同じなのだ。

一日中、行動を覗き見されているかもしれない、音や声を盗み聞きされているかもしれない。知っていても、きっと受け入れてしまう。

（わたしは、あなたのものだから）

それを証明できるなら、清霞が安心できるなら。恥ずかしいけれど、いくらでも美世の日常を、すべてを、見聞きしてくれてかまわないと思う。

「本気で言っているのか」

甘えるように美世の首筋に擦りつきながら、かすれた声で清霞が問うてくる。美世は清霞の髪を撫でた。

「はい。本気です」

「冗談ではなく、本当にやるかもしれないぞ」

「はい。かまいません」

ゆっくりと清霞は顔を上げる。互いの唇が近づいて、触れ合う。そのまま深く、深く、口づけた。

互いの愛を溶け合わせながら。

「……清霞さん、だいすきです」

「私もだ」

目に見える愛の証は、ただの輪郭でしかない。しかし、いろいろな形のそれが、たとえどこにいようとも二人の愛をほんのひと欠片、確かめさせてくれる。

美世は全身を包み込むぬくもりに身を委ねて、目を閉じた。

掌編の玉手箱に

親睦会

「親睦会をしましょう！」

唐突にそんなことを言い出した五道を、清霞は鋭く睨んだ。

夏の終わり、しばらく臥せっていた清霞がようやく仕事にも復帰し、日常を取り戻した
――そんな矢先のことだった。

「何を言っているんだ、お前は」

いきなり執務室にやってきたかと思えば、何か用があるわけでもなく、しまいにはわけのわからないことを叫ぶ部下。そのような者にくれてやる優しさは、あいにく一片も持ちあわせていない。

しかしそんな冷たい上司の視線など少しも気にせず、五道は真剣な表情でばん、と机を叩いてきた。

「隊長！　親睦会ですよ！」

「うるさい。遊んでいる暇があるなら残業させるぞ」

「暇じゃないし、遊びでもありません～。呑みですよ、呑み」

「余計にいらん！　さっさと帰ってしまえ」

処理し終わった書類をまとめ、清霞は帰り支度を始める。

仕事は終わらせた。もう帰るだけだというのに、このうるさい男に付き合ってなどいられない。呑み会など面倒なだけだし、まっぴらだ。

お前が帰らないなら私が帰る、と立ち上がった清霞だったが、前方に五道が立ち塞がった。

真剣な表情から打って変わって、腹の立つにやけ面を向けてくる。

「だめですよ～。今日は帰しません！」

「うざったい。どけ。邪魔だ。私は帰る」

「そう言うと思って」

「…………」

「すぺしゃるげすとをお呼びしました～」

清霞は目を瞠り、執務室の出入り口を見遣る。気配がなかった。だというのに、いつの間にかそこには確かに人影がある。

かいない。

清霞に気配を悟られないように動けるほどの相手。これほどの手練れといえばひとりし

（……気づかなかった）


「お疲れさまです、どうも」

食えない笑顔でひょっこりと顔を覗かせたのは、清霞の天敵と言ってもいい人物であった。少し癖のある栗色の髪に人好きのする整った目鼻立ち、身なりと挙動にもいっさいの隙はなく、いつ会っても油断ならない。

鶴木——否、薄刃家の次期当主である薄刃新だ。

「……五道。部外者を招き入れるとは、お前はよほど自分の人生がどうでもいいらしいな？」

清霞は八つ当たり気味に五道に凄む。が、五道はへらへらとして、どこ吹く風である。

「隊長を無理にでも連れ出すためなので！」

「許されるか、この阿呆が」

笑って済ませられる問題ではない。部外者を、応接室ならまだしもこんな執務室の入り口まで連れてくるなど完全に軍規違反だ。厳しい処分の対象になる。

覚悟はできているな、と清霞が構えると、そこへ当の部外者が待ったをかけた。

「まあまあ、大海渡少将の許可はとっていますから」

「は？　閣下が許可を出したのか？　こんな馬鹿げたことに？」

「ほら、そこは俺の交渉術で」

「……冗談だろう……」

清霞は呆れ果て、力なく振り上げた拳を下ろす。

誰も彼もどうかしている。堂々と軍規違反をするほうも、許可を出すほうも。上官を悪く言いたくはないが。

「ああ、大海渡少将から伝言もありますよ。『君もたまには部下と親睦を深めたほうがいいぞ』と」

「…………」

大きなお世話、という言葉をすんでのところで呑み込んだ清霞は、そのまま五道と新に連行された。

美世には俺から伝えてあるので心配ないですよ、などと爽やかな笑顔で当然のように口にする新に若干の殺意を覚えながら、なぜか清霞の先導で連れ立っていくことになったのは屯所近くの行きつけの居酒屋だ。

「席を予約しておきました～！」

後方で得意げに胸を張る五道にもはや、つっこむ気も起きない。

「だいたい、なぜいきなり親睦会なんだ」

「そりゃあ、美世さんが来てから隊長の付き合いが悪いから」

「…………」

「っていうのは冗談で～……鶴木氏にいろいろと話を聞いてみたかったんですよね～。で、せっかくなんで隊長にも同席してもらおうと」

「なにがせっかくなんだ、なにが」

話しつつ、先頭に滑り出た五道が、こんばんはぁと勢いよく店の引き戸を開け、三人はぞろぞろと暖簾(のれん)をくぐって入店する。

居酒屋『薪田(まきた)』は、屯所から徒歩約五分にある居酒屋で、小隊員たちもよく利用している。店自体は小さく、建物も古くてあまり綺麗(きれい)とは言えないが、だからこそ仕事帰りの男性陣のたまり場のようになっていた。

大将も気のいい親父(おやじ)で居心地も良く、対異特務小隊(たいいとくむしょうたい)で呑みといえばだいたいこの店になる。

「庶民的な店ですね」

新が物珍しそうに視線を巡らせる。

「これがいいんだよ、これが～。……げっ」

鼻歌でも歌い出しそうなほど上機嫌に新に返した五道だったが、急におかしな声を発して足を止めた。

「なんでここに……」

「五道？」

「や、やっぱり帰りましょう」

慌てて踵を返し、店から出て行こうとする五道を、後ろからついてきた清霞と新で珍しく息を合わせて阻む。

清霞が若干の恨みと呆れを込めて、

「ここまで来て帰るのか？」

と問えば、「だ、だってですね～」と五道は視線を左右にさまよわせて口ごもる。

「おーい、そんなところにいないで一緒に飲もうよ、五道くん」

店の隅の席のほうから聞こえてきた声は、清霞もよく知っていた。なるほど、五道の不審な挙動にも得心する。

彼らはどうにも犬猿の仲らしい。

「……辰石か」

「ああ、久堂さん。——と、名前を言ってはいけない御曹司くん」

「鶴木です」

ひらひらとこちらに手を振る辰石家の新米当主、辰石一志が明るい笑顔でそれぞれ反応する。

「ほらほら、こっちで一緒に呑もうよ。四人席空いてるから」

「い〜や〜だ〜！」

今日も今日とて原色の派手な着物をだらしなく着崩し、片手にお猪口を持った遊び人はするりと寄ってきて、強引に嫌がる五道を空席へ引っ張っていく。

完全に出来上がっているように見えるのは、きっと気のせいではない。

清霞はそんなどうしようもない部下二人の有様にため息をつき、新とともに席に向かった。

「……では、親睦会を始めま〜す……」

四人が席につき、さっそく今回の発起人である五道が声をかけるも、最初よりはるかに沈んだ表情で気分が落ち込んでいる様子だ。

逆に一志は楽しそうに目を細め、新も相変わらず毒気のない笑みを浮かべている。

一志が加わって、この集団の胡散臭さが一気に増していた。しかし、当人たちは一顧だにしていない。

（……これは、親睦会なのか？）

ただ清霞のみ、さすがにこの集まりへの疑問を感じ始めていた。

まずお通しの特製たれのかかった冷奴が出される。それから焼酎と清酒、各々が注文したこの店の売りである季節の野菜を使った煮物や、焼いた肉料理などが次々と運ばれてきた。

そしてそれらがほとんど器からなくなる頃には、四人の口も当初よりはいくらか滑らかになっていた。

「だいたい、なんで辰石がここにいるんだ～」

ぶつくさと五道が不平を漏らし、一志はおかしそうにそれを横目に見る。

「ぼくがいちゃいけないかい？」

「遊び人は大人しく、きれーなお姉さんのいる店に行くべきだろ～」

「たまには気分を変えたいじゃないか」

清霞は焼酎をあおってから、そう言って目を細める一志に水を向けた。

「家の仕事は真面目にやっているんだろうな？」

「まあ、あまり気は進まないけどね。面倒だし、家はひとりで寂しいし」

殊勝なことを口にしてはいるものの、けろりとした態度で肩をすくめる。

この男の家族は皆、美世と斎森家にかかわる春の事件で遠方へと飛ばされた。先代夫妻は田舎に引っ込み、弟は旧都で修行中である。よって、現在はそこそこ大きな屋敷に一志がひとりで住んでいるらしい。

身軽な独り身ゆえに遊びにのめり込むのか、と思ったが、違う。

この男は家族がいるときでもそこかしこを遊び歩き、ろくに帰りもしなかったと聞いている。つまりは元よりだらしのない生活だったということだ。

「そういえば、五道さんの家は？　なんとなく、想像がつかないんですが……」

話を振ったのは新だった。

「うち？　うちはまあ、にぎやかだよ～」

「にぎやかって……兄弟姉妹が大勢いるとか？」

「兄弟は兄と妹がいるけど～」

三人兄弟なら、さほど多くもない。では、その兄と妹がよくしゃべるのだろうか、と五道家を知らない新は首を捻っている。

だが、もちろん清霞はわかっている。五道家を最も騒がせているのは、五道たち兄弟ではなく――。

「いちばんにぎやかなのは、母親なんで」

ね、と五道は赤ら顔で清霞に同意を求めてきた。

「なぜ私のほうを見る」

「だって、隊長は知っているじゃないですか～。うちがどんな様子なのか」

「……それはまあ、知ってはいるが」

五道の母親はとにかく多趣味な人で、しかも興味が短期間に移ろいやすい。

音楽や絵画などの芸術に始まり、海外の珍しい料理や菓子作りに挑戦したり、はたまた旅にはまって数か月も家を空けたりしたこともあると聞いた。

五道家の屋敷はそんな奥方の収集物、あるいは彼女自身の作品、趣味のために購入した器具等々で、広いのに狭く感じたのを覚えている。

性格も男勝りなところがあるというか、少々変わっており、押しもやたらと強い。が、悪人ではなく、清霞の母親などよりはよほどできた人間だ。

「私は良い母親だと思うがな。面倒見も良くて」

「巻き込まれてる、の間違いですよ～」

だいぶ酔ってきているのか、五道は呂律(ろれつ)の回らない舌でぼやく。

「なかなか癖のある人みたいですね」

ふむ、と新がうなずけば、「そりゃあ」と五道が続けた。

「母親があういう人で、兄がいてくれなければ、異能者の俺に自由な学生時代はなかったと思いますけど〜」

「へえ、そんなに自由に過ごしていたんだ？　学生時代は」

自由、という言葉に、一志が片眉を上げて反応する。清霞は余計な口は挟まずに猪口を傾けた。

「自由だったよ。自由に勉強してたんだ〜、俺、真面目だから」

「は？　勉強？」

「留学してたの。英国だよ、時計塔〜」

「は？」

「は？」

一志と新は揃(そろ)って目を点にしている。おそらく、五道と勉強、留学という単語が上手(うま)く結びつかないのだろう。現状を見れば当然のことだ。

清霞だけが、懐かしい話だとしみじみ過去を振り返る。

五道は学生時代、欧州の島国に留学していた。

あの国は西洋魔術の中心地だ。異能と術を扱う異能者にとっても、まったく体系の異なる他国の術を知ることができる留学はいい経験になる。しかしこの時代になっても、子どもを進んで異国に送り出す親は少ない。

やはり海の向こうの国々に対して、まだまだ心理的な根深い気後れがある。

「意外だなぁ、五道くんが留学とは」

「そう？」

「そこまで熱心だったとは思いませんでした。俺は仕事柄それなりに外国へ行きますけど、留学となるとまた違いますから」

珍しく心から感心した様子の一志に、貿易会社の御曹司である新も続く。

「久堂少佐は知ってたんですか？」

「ああ。帰国早々、噛（か）みつかれたからな」

「あ～！　隊長、それは忘れてくださいって、前に言ったじゃないですか～」

「知らん」

懐かしい。懐かしく、同時に胸が苦しくもなる。

あの頃の五道は触れたら切れそうに尖（とが）っていた。清霞を断罪し、復讐（ふくしゅう）する。痛みを味わわせる。そのためだけに己の技術を磨いていたからだ。

今はすっかり見る影もない。とはいえ、学んだことが無駄になったわけでもあるまいし、戦士としては昔と比べると今のほうがはるかに強いので無問題だろう。

ともかく、あれらの出来事は、本人にとってはどうも恥ずかしい思い出に分類されているらしい。

「へえ、久堂さんに噛みつくなんてやるねえ」

「忘れろ、今すぐ忘れろ～！」

一志がにやにやと笑い、五道が喚く。——残念ながら、すでに手遅れだ。

「でもそれも意外ですね。今は、五道さんは久堂少佐の忠犬……こほん、忠実な部下のように見えますが」

「今、忠犬って言った!?」

新の疑問はもっともである。

帰国した五道は知識もあり、経験も新人の中ではずば抜けていた。清霞も若く、まだ隊長にもなっていなかった頃のことだ。血の滲むような鍛錬を重ね、その上に築かれた自信と復讐心、憎悪でもって彼は清霞に挑んできた。

状況的に仕方なく、それをはねのけたら、成り行きでこんなふうになっていた。不思議でならない。

「……あれはほんとに若気の至りってやつで～。舐めてたんだよ、どうせ帝国で幅をきかせている異能者なんて世界から見たら井の中の蛙。たいした実力もないのに大きな顔をしているだけだって。周りが見えてなかった」

それとちょっと個人的な事情で、と五道は言葉を濁す。確かに、酒の席で話す内容でもないだろう。

清霞の、贖いきれない罪の話だ。

「若気の至りねえ」

「もう俺の話はいいだろ～。次は辰石が何か話せよ」

「ぼくが話すことはないな。……あ、女性の好みの話なんてどうだい？」

またベタな、と清霞はため息をつく。親睦会ではなかったのか。これではただの馬鹿話大会である。

話しながらも皆それぞれ、追加で酒や料理を注文する。

全員、相当なアルコールが回り、はじめの空気はどこへやら、会話も予想外に白熱してきていた。

「だいたい、隊長はずるいんですよ～！」

「何がだ」

「俺も結婚したい〜。かわいい奥さんほしい〜」

「ぼくはまだひとりでいいかな」

「俺は考えたことはありますけどね？」

新がちら、と清霞のほうをうかがう。

（……どいつもこいつも好き勝手なことを）

好戦的に微笑む新を横目で睨み返すと、清霞は静かに猪口を卓上へ戻した。

だいたい、結婚がさほどいいものだと清霞は思ったことがない。

後継を残すために結婚はしなければならない、それはわかる。だが、夫婦の相性がよくなければ、あまり喜ばしくない結果になるだろう。本当に義務的な関係だけで終わってしまう。

また巷では、結婚相手を紹介してくれる店というものがあるらしい。そこへ行くのは男が多いそうだ。しかも若くて器量が良く、気が利き、初婚で、料理上手がいい——などとあれこれ注文をつける者が後を絶たないとか。

馬鹿らしい話である。

（いや、まて）

清霞はそこまで考えてから、家で自分の帰りを待っているだろう、婚約者のことを思い浮かべる。

「久堂さんの婚約者は美世ちゃんだよね。あの子のことは昔から知っているけど、将来は美人になるだろうなと思ったよ」

一志の発言を受け、ふむ、と内心で深く同意する。

まだまだ痩せぎすで、人によっては貧相だと評するかもしれないが、美世は器量がいい。

「俺の従妹だから当たり前ですね。美世のいいところは、やはり性格でしょう。優しく、思いやりがあって……でもいざというときは、勇気を持って行動できる。素晴らしいと思いませんか」

これにも完全に同意できる。

美世は育った環境ゆえに、自分の気持ちや考えを表に出すのが苦手だ。また、すぐに悪いほうへ思考が旅立ちがち。

けれどそれさえ克服すれば、頭は悪くないし、穏やかで優しく、そばにいて落ち着く性格をしていると言っていいだろう。

（働き者だしな）

しばしば頑張りすぎて心配になるくらいに。

やけに得意げな顔で意味不明な自慢を披露した新に対し、大袈裟に「はい！　はい！」と挙手する五道。

勢いで卓上の酒がこぼれた。

「美世さんはやっぱり、料理上手なところが最高だと思います！」

何か、他の男に婚約者のことを語られるのは気に入らないが、これまたその通りである。

清霞は黙り、と黙って首を縦に振った。

美世が作る家庭料理はとても美味だ。元から料理上手だったが、最近はゆり江の教えもあり、さらに作れる料理の種類を増やして、めきめきと腕を上げている。

今日の弁当に入っていた佃煮も胡麻和えも、美味しくいただいた。

これは婚約者の贔屓目かもしれないが、たったいま口にしたこの店の煮物よりも、美世の作った煮物のほうが美味しい気さえする。

「いいなあ、隊長は。若くて、美人で、優しくて、料理も上手い婚約者がいて～」

まさにその通りで、否定のしようもない。

しかしそこで、はたと清霞は我に返った。若くて器量が良く、気が利き、初婚で、料理上手な妻を求める男。どこかで聞いた話だ。

（これはつまり、私もあれこれ注文をつける人々と同じということでは……）

――これ以上、深く考えてはいけない。

「ほら～、隊長もなんとか言ってくださいよ～」

絡んでくる五道を適当に払いのけ、立ち上がる。

「帰る」

「は？」

「え、久堂さん帰っちゃうの？」

ぽかんとする五道と、首を傾げる一志はそのままに清霞は代金を置いて、さっさと店を出た。

このままあの場にいたら、ますますよくないことに気づいてしまいそうだ。あれだけ女性を遠ざけてきてこの結果では、情けないにもほどがある。

だが、店を出た清霞の後ろから、なぜか新がついてきていた。

「久堂少佐、送りましょうか？」

「いらん」

「ですが、俺たちの話を聞いてばかりでかなり呑んだでしょう。さすがに酔っているのでは？」

身体をアルコールが巡っている感覚はある。ただ、この程度で送ってもらわねばならないようでは、不甲斐なさすぎる。

「問題ない」

「……そうですか。まあ、美世のことを話のネタにされたからって、そんなに怒らないでください。酒の席での話ですし」

新は唇の端を吊り上げて笑う。どちらかといえば、己の優位を確信しているかのようなその表情のほうが不愉快だ。

「別に、怒ってなどいないが」

ややむっとしながら返せば、新は「なら」とさらににやけた笑いを深めた。

「美世の良さを再確認して、彼女のことが恋しくなったんですか？　わあ、やらしいですね」

「うるさい。とっとと店に戻れ」

「そうします。酔っている久堂少佐に斬られでもしたら、たまりませんからね」

だから、酔っていない。

清霞はきりがないとその反論を飲み込み、家に向かって真っ直ぐに歩き出した。

すでに深夜に近い時刻。

美世が帰宅した清霞を出迎えると、玄関に充満した酒精の強い香りに驚き、腰を抜かしそうになった。

「旦那さま!?」

「……美世。今帰った」

「は、はい。おかえりなさいませ……。あの、平気ですか」

よくよく観察してもわかりにくいが、清霞の様子がいつもと違う。真っ白な肌はほのかに赤く色づいているし、何よりも匂いがすさまじい。嗅いでいるだけでくらくらしそうになる。

呑み会になるという連絡は受けていたけれど、いったい、どれだけ呑んだのか。

「靴は脱げますか？」

「脱げる」

「お水、お水はいりますか？」

「…………」

返答がない。

清霞は靴を脱ぎ終わると、うなだれるようにして玄関の上がり框に座り込んでしまった。

こんなときにどうしたらいいのか、美世にはさっぱりわからない。

「あの、旦那さま？　本当に平気ですか？」

声をかけ、その広い背に手をやって顔を覗き込んだ美世はぎょっとして、次いで困惑した。

清霞はうなだれたまま目をぱっちりと見開き、まったく微動だにしないのだ。

しかも、あまりの異常さに絶句している美世に、今度は妙なことを口走り始めた。

「美世は、気が利くな」

「はい？」

「そういう、話をしていた」

「は、はあ……？」

わけがわからない。やはり、完全に酔ってしまっている。

清霞は普段から口が達者なほうではないが、ここまで断片的すぎる言動はしない。まるで別人のようだった。

「私は運がいい」

「…………」

「美世、お前は男の理想のようだ」

「理想……？　いえ、そんなことは」

「ある」

支離滅裂な言動にいよいよ心配になってきたところで、清霞が急に、がばりと頭を上げた。そして、ずい、と美しすぎる顔を近づけてくる。

不意打ちによるあまりの衝撃で、美世の心臓が壊れるくらいに一気に脈打った。

「ひぇっ！　だ、だだだだ、旦那さま⁉」

「お前は、最高だ」

「ええ⁉」

もう何が何やら、美世は目を回しそうになる。

頬が熱くて仕方ないし、心臓の音は耳元で鳴っているかのように大きい気がする。ぐるぐる、ぐるぐる、と平衡感覚もおかしくなってきた。

「美世……」

息がかかる。ここで、美世の混乱は限界に達した。

「だ、だめです!!」

美世は反射的に、さらに接近してきた清霞に対して自らの異能を行使していた。

「あ……」

力なく玄関に崩れ落ち、転がる婚約者。一瞬にして、すやすやと寝息を立てている。

彼がただ寝ているだけであることを確認すると、美世は自分の手を見つめた。まだばくばくと心臓が早鐘を打っている。

(ああ、びっくりした……。この異能、人を眠らせることもできるのね……)

もっとちゃんと操れるように訓練しよう、と美世が心に決めた瞬間だった。


ちなみに。

翌朝、真っ青な顔で五道が、

「隊長は！　隊長は生きていますか!?」

と家を訪ねてきた。彼曰く、

「昨日、居酒屋から帰ろうとしたら隊長の座っていた席のあたりに、空の一升瓶が大量に林のように立ってて～！　あれを全部、あの短時間で飲んだら致死量に達してますよ、致死量に！」

　ということらしい。

　美世はそういうことだったのか、と納得すると同時に、清霞の酒の強さに驚いた。なにせ彼は、ぴんぴんして二日酔いもなく今朝起きてきたのだ。――ただし。

「あの、旦那さまは何ともありません。ご無事です」

「よかった～」

「でも」

　美世がその先を口にしようとしたところで、仕度を済ませた清霞がやってくる。

「……五道」

「隊長！　生きててよかった～！」

「今日の私は機嫌が悪い。覚悟しておけ」

「あ、だからそんなに鬼の形相で～……って、え!?　なんで!?」

　そう、清霞はどんなに酔っても記憶がなくならない性質だった。ゆえに、今朝起きていちばん始めにやったことといえば、土下座である。

　それから朝食の間も自己嫌悪でずっと落ち込んでいたのだ。

「美世、仕事に行ってくる」

「はい。いってらっしゃいませ」

「……昨日は本当にすまなかった」

「も、もういいですから……！」

そう深々と頭を下げられては、居たたまれない。

状況をよくわかっていない五道は「え？　隊長、何したんです？」と不用意に訊ね、清霞に痛そうな拳骨をもらっていた。

——その後、清霞はしばらく禁酒したのだった。

魅了される

目の前で、ぱち、と一度、火が爆ぜた。

指の先から凍りつきそうな冷気にさらされながら、晴れたとある冬の昼——美世はゆり江と開け放した勝手口近くの床にしゃがみ、七輪を眺めていた。

赤く熱を帯びた備長炭から上がった煙が、金網の隙間を通って、外へと流れてゆく。

金網の上には、白く、ぷっくりと膨れた、冬の食べ物。

「ふふ、お餅、楽しみです」

美世は堪えきれない口許の笑みを、冷えた両手で覆い隠しながら呟くと、ゆり江もにこにこと微笑む。

「本当に、楽しみですねえ。お餅は美味しいですもの」

「はい……すごく」

頭の中に思い描くだけで、胸が高鳴り、うっとりしてしまう。

もちもちと弾力がありながらも柔らかいあの食感。味付けをしなくても、ほんのり口内に残る甘さ。熱々を齧ると、てろり、と伸びて目にも楽しい。

そして、もちろん、頬っぺたが落ちるほど美味しいのだ。

美世にとっては、実家でごくまれに食べることができた、ごちそうだった。

七輪で熱され、丸く膨れる餅を眺めつつ、二人で話していると、

「――そんなところで、寒くないのか？」

台所の戸口にいつの間にか立っていた清霞が、呆れたように声をかけてきた。

「あら、坊ちゃん」

「旦那さま！」

心躍り、足は勝手に立ち上がって、美世は婚約者の元へと近づく。

逸る気持ちを抑えきれないまま、冷たくなった頬が上気するのを感じるけれど、今の美世にはそんなことは些事だ。

「あの、旦那さま。今日のお昼ごはんはお餅なんです！」

「あ、ああ」

心なしか早口で美世が言うと、やや気圧され気味に清霞はうなずく。そうして、一拍おいてから、ふ、と口の端を上げて表情を和らげた。

「好きなのか？」

好き……かどうかは、よくわからない。ただ、美世にとってのうれしいごちそうだ。

どう答えたものかと、首を傾げ、咄嗟に言葉を返せない美世の首に、清霞は手に持っていたらしい自分の襟巻きを巻く。

「夢中になって風邪を引くなよ。羽織だけでは冷えるぞ」

「はい……」

昼食を楽しみにしている、と言い残し、去る清霞の背を見ていると、まだ餅を食べていないのに、なぜか口の中がほのかに甘い。

美世は今度こそ、熱くなった頰を襟巻きに埋めて隠したのだった。

あとがき

皆さま、お久しぶりです。

このところ、著作も増え、後戻りできないことをひしひしと感じ、珍妙なペンネームに『無』の顔で向き合うようになって、ついにここまで引っ張った『ペンネーム後悔問題』にも終止符が打たれるか!? という瀬戸際にいる顎木あくみです。

お久しぶりとは申しましても、なんと前巻から八か月での刊行となりまして、五巻からはずっと一年の間を空けての刊行だったことを考えると、今回はちょっと早いです。

何か裏があるんじゃ、と感づかれた方は鋭いですね。

そう、今巻は短編集になっております!

そしてそれが悲劇の始まりでした。「八巻を短編集に? 今まで書いた掌編も収録? それはいいですね。いつもより楽できるのでは?」などと、軽く考えた私——。

ば、馬鹿すぎる……。

蓋を開けてみれば、掌編などたいした数も量もなく、ほとんどが書き下ろしに。しかも『霖雨がやむとき』とか慣れないものを書こうとして筆が一〇〇トンくらいに感じ、書き終わった頃にはいつもより満身創痍でした。見事なオチです。芸が捨て身すぎる。

というわけで、書き下ろしが二本（これがほとんど）、個人でWEBに上げていた既存の掌編には手を加え、これまでのキャンペーンなどで書き下ろしたものはほとんどそのまま、の形で本になりました。書き下ろしは短編といいつつ、番外編ではなくほぼ本編です。内容を知っている方もそうでない方も、お楽しみいただければ幸いです。

さて、アニメの放映も無事に終わりまして、二期の制作も決定しましたね。

本当に、本当に素晴らしいアニメでしたので、続きが見られるのをいち視聴者として心から楽しみにしています。たくさんの方の力で作品が育っているのを実感し、ありがたいかぎりです。予習復習のためにも、今巻をブルーレイ付き同梱版でお買い上げくださった皆さまは存分に十三話をお楽しみください。

また、コミカライズもガンガンONLINEにて連載中です。高坂先生の漫画を拝見するたびに、この作品がいかに恵まれているかを再確認しています……。毎回、指摘のしようもない完璧な原稿で、感謝しかありません。連載開始からもう五年以上、準備期間も含めれば六年にもなりますが、高坂先生、ずっとお付き合いくださりありがとうございます。

これからも、末永くよろしくお願いいたします。

今回もお力添えくださった皆さまに御礼（おれい）を。

まずは担当編集さま。私の渾身（こんしん）の捨て身芸にお付き合いくださり、ありがとうございます。ハラハラさせてしまいすみませんでした。反省しています。次からはこういったことがないよう、精一杯、努力いたします！　が、それでもダメだった場合を考えてあらかじめ謝罪しておきます。すみません！

そして、今回も神イラストを描いてくださった月岡月穂（つきおかつきほ）先生。洋装の美世（みよ）と清霞（きよか）〜!!　すごい爆発力！　素敵すぎる！　美しさが毎回限界突破してくるのがすごすぎます。語彙力を失いました。ありがとうございます。

最後に、読者の皆さま。また今回も最後までお付き合いくださり、心より御礼申し上げます。八巻にもなったこの作品を支えてくださったのは、間違いなく読者さまです。ありがとうございます。これからも、どうぞよろしくお願いいたします。

ではまた、どこかで。

顎木あくみ

—初出一覧—

「霖雨がやむとき」書き下ろし
「義妹が可愛すぎる」カクヨム（二〇二〇年十一月）
「甘い、酸っぱい。」富士見L文庫七周年フェア用書き下ろし（二〇二一年七月）
「酔った彼女」富士見L文庫五周年フェア用書き下ろし（二〇一九年七月）
「辰石一志の平凡な、と或る一日」富士見L文庫八周年フェア用書き下ろし（二〇二二年七月）
「雷雨」X（旧Twitter）「#読みたい幸せな夏」キャンペーン（二〇二一年十月）
「愛の証」書き下ろし
「親睦会」カクヨム（二〇二〇年十一月）
「魅了される」『わたしの幸せな結婚　六』巻行記念・書店特典（二〇二二年七月）

お便りはこちらまで

〒一〇二―八一七七
富士見L文庫編集部　気付
顎木あくみ（様）宛
月岡月穂（様）宛